Ursula W Ziegler
Jan-Christoph Ziegler

Sophia und Namid
Liebe gelingt!

Aus der gleichnamigen Reihe
Liebe gelingt!

AF206231

Ursula W Ziegler
Jan-Christoph Ziegler

„Wir glauben an die Unfehlbarkeit der Liebe und an die Macht des Geistes und daran, dass der Mensch mit der Macht der Liebe seinen Geist so konditionieren kann, dass die Erde und das gesamte Weltall zu einem Paradies werden."

Ursula W und *Jan-Christoph Ziegler*, Geschichtenerzählerin, Künstlerin und Autoren, leben und arbeiten gemeinsam als Lebensberaterin, Heilerin sowie als LebensCoach.

„Unser Schwerpunkt war und ist die Liebe zu allem was ist und unsere Lebens-Philosophie ist für uns gelebte Wirklichkeit. In diesem Sinne ‚lebenlieben' wir unsere Arbeit."

Ursula W Ziegler
Jan-Christoph Ziegler

Sophia und Namid
Liebe gelingt!

Aus der gleichnamigen Reihe
Liebe gelingt!

In dieser Geschichte werden verschiedene Informationen zum Thema Bewusstseinsveränderung und zu Energiearbeit genannt, die nach bestem Wissen und Gewissen geprüft sind. Dennoch übernehmen die Autoren und der Verlag keinerlei Haftung für Schäden irgendeiner Art, die sich direkt oder indirekt aus dem Gebrauch dieser Informationen ergeben. – Bitte übernehmen Sie Eigenverantwortung für Ihr Handeln und persönliches Wohlergehen.

Bibliographische Information der Deutschen Nationalbibliothek:
Die Deutsche Nationalbibliothek verzeichnet diese Publikation in der Deutschen Nationalbibliographie; detaillierte bibliographische Daten sind im Internet unter http://dnb.dnb.de abrufbar.

Kontakt zu den Autoren
erhalten Sie über die Webseite
juZiegler.de

ISBN: 978-3-7481-8445-4

Titelbild: Aus der Reihe „Signs by Ursula W Ziegler",
© 1999 Ursula W Ziegler
Signs der Kapitel: Aus der Reihe „Signs by Ursula W Ziegler",
© 2001 Ursula W Ziegler, inspiriert durch kurzzeitig sichtbare
Zeichen auf der Haut der Autorin.
Covergestaltung, Satz & Layout: Jan-Christoph Ziegler
Autorenbild: Stör Foto, Rainer Hinz | Lektorat: Astrid Rahlfs
Herstellung & Verlag: BoD – Books on Demand, Norderstedt

Danke

an unsere geistigen Freunde
und an die Liebe, die gelingt!

Wann

von Ursula W Ziegler (2006)

Wann brichst du auf
Zu deinen Träumen
Zu deinem Glück?

Es ist berauschend
Zu fühlen
Glücklich zu sein
Loszulassen
Um in seine
Träume
Zu tauchen
Durch den Tag
Zu tanzen
Und Glück zu fühlen.

Einen Schritt bist du schon gegangen
Bleib nicht stehen
Du weißt, wie es geht.

Es ist gefährlich, zu träumen
Es ist gefährlich, lebendig
In seinen Träumen
Zu sein
Denn du gehörst dann

Nur Dir.

Erstes Kapitel

Nichts ist so schlimm, als dass es nicht doch zu überstehen wäre. Deine Liebe zu dir ist dabei ein absolutes Muss! Du hast dein Leben und die Situationen nicht bekommen und gewählt, um daran zu scheitern, sondern um eine Lösung zu finden. Vielleicht bedarf es ausschließlich des Mutes, trotz all der Schwierigkeiten, an sich zu glauben.
Ich kann dir nur bedingt helfen. Was ich dir aber zusichern kann, ist, dass ich, egal was kommt, für dich da bin, wenn du es willst. Ich glaube daran, dass du, wir, es genau so schaffen, wie wir uns die Zukunft vorstellen. Ich glaube ganz fest daran, dass du, wir, die Unterstützung bekommen, die wir brauchen, die du brauchst.

Ich liebe dich, ich glaube an dich.
Bis heute Abend und einen schönen Nachmittag,
Deine Sophia

Namid lehnte sich auf seinem Stuhl zurück und betrachtete das Blatt in seiner Hand. »Lange her«, ging es ihm durch den Sinn. Er hatte sich vorgenommen, solange Sophia ihre Wandertour machte, bei sich aufzuräumen, um wieder Klarheit in seinen Papierkram zu bekommen. Nicht, dass er unordentlich wäre, er hob nur ab und zu, längst Überflüssiges auf. Das Blatt in seiner Hand zählte offensichtlich dazu. Es stammte aus einer Zeit, in der es ihm psychisch absolut nicht gut ging. Damals, so erinnerte er sich, steckte er in einer akuten Krise. »Wenn es so beginnt«, dachte er, »wird es ein intensives und interessantes Aufräumen.« Er legte das Blatt zur Seite und widmete sich wieder dem Sortieren seiner Papiere, das wider erwarten zügig voranging.

Eine Notiz auf einem Haftzettel unterbrach seine Aufräumaktion. *»Nichts währt ewig, selbst der Tod hat seinen Meister«*[1] stand darauf. Es war Sophias Handschrift und er überlegte, warum er den Spruch wohl aufgehoben hatte. Bestimmt hatte er ihn in die EDV eingeben wollen und es dann wieder vergessen. Namid löste den Zettel von seinem Untergrund und klebte ihn auf das Blatt, das er zu Beginn gefunden hatte. Den Rest seiner Aufräumaktion erledigte er schneller als er dachte.

Zufrieden lehnte er sich in seinem Stuhl zurück. „Jetzt genehmige ich mir erst mal einen Kaffee", sagte er zu sich, stand auf, ging in die Küche und musste schmunzeln. Auf einem kleinen Tablett stand eine Tasse mit einem Löffel und einem kleinen Teller, auf dem einige Plätzchen lagen. Sophia hatte es vorbereitet, ehe sie ging. In der Vergangenheit hatte es manche Auseinandersetzung deshalb gegeben. Er kannte solche Gesten nicht und tat sich schwer, sie anzunehmen. Namid wollte nicht bemuttert werden und sie tat es, ohne sich darüber Gedanken zu machen, nur weil es ihr Freude machte. Irgendwann hatte er sich darüber freuen können und er ertappte sich dabei, wie er ab und zu mit kindlicher Freude für Sophia Kleinigkeiten richtete, über die sie sich wiederum freute.

Während das Wasser heiß wurde, schweiften seine Gedanken weit ab. Er liebte diese Frau, wie er noch nie eine Frau geliebt hatte und sie erwiderte diese Liebe in einer Art, die ihn immer wieder und immer noch tief bewegte. Sie stellte von Anfang an keine Bedingungen an ihn, wie er sich zu verhalten hatte oder wie er sein sollte. Er hatte lange gebraucht, um sich daran zu gewöhnen und ab und zu stellte es für ihn immer noch eine Herausforderung dar, alles anzunehmen wie es war. Lächelnd erinnerte er sich, wie er zu Beginn ihrer Beziehung nach dem Haken an ihrer Art gesucht und keinen gefunden hatte.

Mittlerweile kochte das Wasser und er überbrühte damit das Kaffeepulver, ihre Kaffeemaschine stand meist in der Ecke. Sie fanden heraus, dass der Kaffee so besser schmeckte und heißer war. Namid sah zu, wie aus der Mischung Wasser mit braunem Pulver, ein duftendes, aromatisches Getränk wurde, das in seine Tasse floss.

»Meine Beziehung ist wirklich etwas Besonderes«, dachte er. Dabei ging sein Blick durch das Fenster in den Garten. »Früher«, so überlegte er weiter, »war der Garten nur Arbeit und heute ist er eine Oase des Lebens für mich, in der ich mich finden und austoben kann.« Die Anregung, bewusster mit der Erde und dem Garten umzugehen, kam von seinem neuen Freund Nath. Nath war indianischer Abstammung und erzählte immer wieder von dem Lied des Windes, den Geschichten der Wolken, den vielen Reisen, die er mit beiden unternahm und seiner wundersamen Heilung durch den Umgang mit der Erde. Zuerst war Namid etwas neidisch gewesen, da er vieles nicht konnte. Aber er lauschte Nath oft und gerne und wurde so langsam und allmählich zu den Pflanzen geführt, die nun auch mit ihm in Kommunikation standen.

Namids Kaffee war durchgelaufen. Er gab noch etwas Zucker hinein, nahm das Tablett und ging in seinen Arbeitsraum zurück. Dort nahm er das Blatt mit dem aufgeklebten Zettel in die Hand und schaute darauf. Dann griff er zu seinem heißen Kaffee und nippte vorsichtig daran. Irgendwann merkte er, dass er nur auf das Blatt starrte und sein Kopf und sein Gemüt leer waren. Dies war für ihn das Zeichen, dass die Zeit, aus der das Blatt stammte, endgültig vorbei war. Namid zerknüllte es und warf es in den Allesbrenner. Er wollte ihn später anfeuern, damit alles, was endgültig überflüssig geworden war durch das Feuer aufgelöst werden konnte. Den kleinen Klebezettel hielt er noch zurück. Der Satz darauf stammte sinngemäß aus »*Tabaluga und das leuchtende Schweigen*«, er war nur nicht komplett. »*Nichts währt ewig, selbst der Tod hat seinen Meister und das ist die Liebe*«[1], hieß es vollständig. Namid ergänzte den Satz und legte den Zettel genau in die Mitte seines Schreibtisches.

Schon bald hatte er keine Lust mehr, drinnen zu sein, nahm seine Tasse und ging in seinen geliebten Garten, in dem einige Amseln noch ihr Morgenlied sangen. Namid blieb stehen, schloss die Augen und atmete tief ein und aus. Dann schlenderte er durch den Garten und berührte sanft jede Pflanze, die sich auf seinem Weg befand. Die Pflanzen dankten seine Berührung mit üppigem Wachstum, reichlichen Blüten und Früchten, denn Namid berührte sie sehr gerne und oft. Beiden, Namid und den Pflanzen, ging es dabei sehr gut. Heute war es auch so. An einem großen Busch Pfingstrosen blieb er stehen, hier in ihrem Garten blühten sie länger als sonstwo. Er lauschte der Pflanze, ging dann weiter und holte eine Gießkanne mit Wasser, das er dem Busch gab. Namid lächelte über sich selbst. Dass er heute mit Pflanzen reden konnte, besser gesagt mit dem Geist der Pflanze, hatte er auch Nath zu verdanken. Er war es, der ihm die

Sprache der Naturwesen und der Tierwelt beigebracht hatte.

Zuerst hatte er darüber gespottet. Er, der rationale Unternehmer, der mit Zahlen umgehen konnte, sollte mit Pflanzen und Tieren reden? Verstand er doch oft die Sprache der Menschen nicht und dann sollte er so etwas tun? »Wenn etwas selbstverständlich geworden ist, vergisst man oft die eigenen Anfänge«, dachte er bei sich. Er hatte soviel Wunderbares in seinem Leben dazugelernt, nicht nur das Sprechen mit den Pflanzen.

Den Garten hatten Sophia und er mit sehr viel Liebe, Sorgfalt und geistiger Unterstützung angelegt und dabei gegen fast jede Regel der professionellen Gartengestaltung verstoßen. Sie nahmen sich die Zeit, um mit den Pflanzengeistern zu kommunizieren, damit sie selbst entscheiden konnten, wohin diese gepflanzt werden wollten und was ihr optimaler Standort war. So wurde ein Feengarten daraus, dies meinte jedenfalls jeder Besucher, der zu ihnen kam.

Namid ließ seinen Blick durch den Garten schweifen. Dabei nahm er die Signale der Salatpflanzen und der Tomaten auf, die auch nach Wasser verlangten. Er lächelte und ging ohne Gießkanne zu ihnen. Ein Fremder hätte seinen Augen nicht getraut, denn alle Pflanzen reckten sich ihm entgegen. Er ging in die Hocke: „Ihr braucht doch noch gar kein Wasser," sagte liebevoll zu seinen Pflanzen, „aber ich komme gerne zu euch und bleibe etwas". Die Pflanzengeister der beiden Sorten erlaubten sich oft einen Spaß mit Namid oder Sophia. Sie riefen nach den beiden, nur damit diese einige Zeit mit ihnen verbrachten.

Während er so dasaß, hörte er, wie sein Name gerufen wurde. Er erhob sich und verabschiedete sich von den Pflanzengeistern und ging dem Rufen entgegen. Es war Nath, der plötzlich vor ihm stand. Anscheinend war die Eingangstür, wie so oft bei ihnen, nicht abgeschlossen und Nath konnte einfach eintreten. Die Freude war groß, als Namid ihn sah und die beiden begrüßten sich aufs Herzlichste.

„Euer Garten sieht ja prächtig aus", sagte Nath und nickte anerkennend, „es ist eine Lust, darin zu wandeln."

Namid lachte: „Das könnte jetzt glatt von Rico stammen, der schwärmt doch immer von viel Leichtem und Schönem. Aber komm doch weiter. Hast du vor, länger zu bleiben oder zieht es dich gleich wieder fort?"

„Nein, ich habe es nicht eilig", antwortete Nath und mit einem Blick auf Namids Tasse fügte er hinzu, „ich nehme gerne einen Kaffee, wenn du noch einen hast."

Namid schüttelte den Kopf: „Hab' ich nicht, aber ich bereite dir gerne einen zu, dauert nicht lange."

Nath war einverstanden und blieb alleine im Garten zurück während Namid den Weg zur Küche einschlug.

≈≈≈

---

[1] *Zitat im Original:* „Nix dauert ewig, net einmal der Tod. Und der hat nur einen Meister, die Liebe" aus „Tabaluga und das leuchtende Schweigen", von Peter Maffay.

Zweites Kapitel

Der Tag war nicht mehr ganz so jung und versprach schön zu werden. Vor ihnen lagen die sanften Hügel des Odenwaldes und warteten darauf, erobert zu werden. Wie so oft, wenn Sophia mit einer ihrer Freundinnen unterwegs war, war ihre Beziehung eines der ersten Themen, über die gesprochen wurde und heute bildete darin keine Ausnahme. Kyra hatte gefragt, wie sie an Namid gekommen war, denn sie selbst war bereits eine geraume Weile auf der Suche nach einem passenden Lebensgefährten.

Sophia sprach gerne über ihre Beziehung, die sich so ganz anders gestaltete als üblich. „Ich wollte einen", erklärte sie, „der mich dort abholt, wo ich gerade mit meiner Entwicklung stehe und ich habe hohe Ansprüche. Ich will eine Liebe leben, die mich auf allen Ebenen mit ihm verbindet, kein Verliebtsein, das unreif ist und oberflächlich und morgen wieder vorbei."

Die Strecke, die sie sich zum Laufen ausgesucht hatten, verlief nicht allzu steil, sodass sich die beiden bequem unterhalten konnten.

„Wie du weißt, kam er", fuhr Sophia fort. „Er kam ohne Vorankündigung und stand einfach in meinem Wohnzimmer: groß, selbstbewusst, sich seiner sicher, eine Ausstrahlung zum Dahinschmelzen, ein Mann, wie ich ihn mir wünschte. Er hatte nur einen gravierenden Fehler: Er war nicht aus Fleisch und Blut, sondern entsprang einer Channelsitzung. Es war Namids energetisches Double. Bis er in real vor mir stand, dauerte es noch etwas."

„Aha", machte Kyra überrascht. Sie war erst seit Kurzem mit Sophia befreundet und wusste manches noch nicht von ihr.

„Was soll's", sprach Sophia weiter, „wusste ich doch, dass zuerst die mentale Ebene stimmen muss, bevor die Materielle nachziehen kann. Ergo arbeiten wir dran, war meine Devise. Es sollte ja keine Liebelei sein, sondern etwas, das Bestand hat, eine Zwillingsseele, mein anderes Ich-Selbst. Und so nahm meine Ausbildung ihren Lauf."

Kyra hatte Fragezeichen im Gesicht und Sophia lachte. „Ich musste einiges lernen", scherzte sie, „und heute weiß ich, dass diese Ausbildung schon einige Zeit davor begonnen hatte und zwar, als ich zum ersten Mal zu der Christusenergie geführt wurde und zu Jeshua. Ja vielleicht schon einige Jahre davor", überlegte Sophia laut, „als ich im Krankenhaus liegend das erste Mal gefühlt hatte, *Gott und ich sind Eins.* Vielleicht ließe sich noch ein Davor finden, aber ich möchte dort aufhören.

Wegen dieser Liebe zu Namid begegnete und begegne ich Verachtung und Neid. Ich kann nicht sagen, dass ich mich daran gewöhne, aber ich wurde gelassener, selbst denen gegenüber, die es besser wissen müssten, da sie mich oder uns kennen."

Kyra nickte verständnisvoll. „Neid erfahre ich auch", sagte sie „in Bezug auf meine Arbeit, weil ich damit ganz leicht umgehe und viel verdiene."

„Die Ausbildung in Sache Liebe dürfte nicht so schwer sein, denkt man sich", fuhr Sophia fort. Beide blieben stehen, ließen sich die Sonne ins Gesicht scheinen und bewunderten das kleine Tal, das vor ihnen lag. „Im eigentlichen Sinne stimmt das wohl auch", sprach Sophia mit geschlossenen Augen weiter, „doch wenn es an die Umsetzung geht, an den praktischen Teil, dann wird es schwierig."

„Das glaube ich sofort", warf Kyra ein.

„Die männliche Energieform kam regelmäßig und brachte mein Leben durcheinander. Zu jener Zeit war es gerade im Begriff geregelter abzulaufen, doch Namid mischte es neu auf und wirbelte es durcheinander. Seine Energie war fein und hoch und erinnerte stets an die hohe Energie Jeshuas. Jeshua war ein Energiewesen, das ich rufen konnte, wenn ich bereit dazu war. Tulipa, das energetische Pendant von Namid, war energetisch einfach da. Nach einer Sitzung mit Jeshua zitterte mein Körper leicht und vibrierte noch oft stundenlang, nachdem er schon wieder weg war. Meine Wassermenge, die ich trinken musste, erhöhte sich schlagartig und wenn ich alte Gewohnheiten pflegte und wenig trank, tat mir alles in unbestimmter Weise weh. Hätte ich damals nachgedacht, so hätte ich mir manchen Gang zum Arzt sparen können, denn körperlich war alles okay, aber ich war danach beruhigter." Sophia öffnete ihre Augen und sah sich suchend um.

Mit den Worten „da hinten ist eine Bank", hatte sie gefunden, was sie suchte. Gemeinsam steuerten sie darauf zu und ließen sich nieder.

„Ist das immer so, dass du zitterst und viel Wasser trinken musst, wenn du mit Jeshua redest?", wollte Kyra wissen.

„Ja" bestätigte Sophia, „es hilft, dem Körper bei der Verarbeitung der Energiemenge, die durch spirituelle Arbeit oft zugeführt wird. Ich bekam auch zu spüren, dass Liebe, wenn sie sich energetisch verändert, das heißt höher schwingt, körperlich schmerzen kann. Wenn mein Wasserhaushalt stimmte, ich zwei bis drei Liter und mehr, ausschließlich Wasser trank, und ich mich viel draußen in der Natur aufhielt, dann ließ es sich aushalten." Sie streckte ihre Beine aus, dann fuhr sie fort.

„Eine Zeit ohne Namid kann ich mir in keiner Weise mehr vorstellen. Unser Zusammensein ist in allen Bereichen so harmonisch, dass es ans Wunderbare grenzt, ans Göttliche. Es übersteigt bei weitem alles, was ich vor Namid auf stofflicher Ebene kennen gelernt hatte. Doch braucht sich keiner einzubilden, dass dies so ohne Weiteres zustandekam. Zwischen dem ersten energetischen Kontakt und dem Kennenlernen auf physischer Ebene lagen etwa fünf Monate. Heute denke ich ab und zu, ich hätte hellhöriger sein sollen, als ich in einem Gespräch seinen Namen hörte und dieser mich nicht wieder losließ. Hätte ich allerdings geahnt dass, er derjenige ist, glaube mir, ich hätte ordentlich am Rad gedreht, damit sich alles beschleunigt. Doch weiß ich auch, dass es gut war, dass alles so lief wie es lief."

Sophia stand auf. „Komm, lass uns weitergehen", sagte sie. „Es ist zwar wunderschön hier", und ihr Blick schweifte über die verschiedenen Bäume und Sträucher, „aber wir wollen ja laufen und nicht sitzen."

≈≈≈

Drittes Kapitel

Naths Besuche waren selten geworden. Meist war er in anderen Ländern oder Kontinenten unterwegs, manchmal auch in anderen Galaxien. Er hatte sich im Verlauf seines Lebens zu einem Weltenwanderer entwickelt. So konnte er mittels mentaler Techniken in kurzer Zeit sehr große Distanzen überwinden, um sich mit Wesen anderer Welten auszutauschen. Er war meist oft und lange unterwegs.

Umso mehr freute sich Namid, dass Nath Zeit mitgebracht hatte. Der Kaffee war schnell zubereitet, eine Karaffe Wasser und zwei Gläser auf das Tablett gepackt und schon war er damit wieder auf dem Weg nach draußen. Nath hatte es sich unterdessen in einer Sitzgruppe unter einem Fliederbusch bequem gemacht und saß in einem großen Sessel. Namid stellte sein Tablett auf die Erde, reichte Nath eine Tasse und nahm die seine, die er ebenfalls mit frischem Kaffee aufgefüllt hatte, in die Hand.

Er strahlte Nath an. „Schön, dass du mal wieder reinschaust", sagte er, während er sich einen Sessel heranzog, um sich ebenfalls zu setzen. „Nur schade, dass Sophia nicht hier ist, sie hätte sich riesig gefreut, dich wieder einmal zu sehen."

Nath nahm vorsichtig einen Schluck des heißen Getränks. „Ich bleibe etwas länger in der Gegend", sagte er, „da lässt es sich bestimmt arrangieren, dass wir uns nochmals treffen. Wie ich sehe", führte er weiter aus, „bekommt dir das Landleben und das Zusammensein mit Sophia recht gut."

„Oh ja", bestätigte Namid, „ich könnte mir nichts Besseres vorstellen. Das Stückchen Erde ist ein Paradies und Sophia die beste Frau, die ich finden konnte."

Namids Gesichtsausdruck wurde weich und zärtlich, als er davon sprach. Das war nicht immer so, das wurde ihm in diesem Augenblick mal wieder bewusst. Obwohl sein Gefühl ihn von Anfang an zu ihr zog, wollte er mehr als einmal wieder weg. Er lächelte Nath zu, der seine Geschichte mit Sophia gut kannte und der seine Gedanken miterlebte. Eine Gabe, um die ihn Namid immer noch etwas beneidete.

„Du hattest eigentlich einen ganz anderen Typ Frau, auf den du standest", bemerkte Nath laut, „groß, blond, kühl, jung, hinten und vorne glatt."

Namid nickte und lachte. „Ja und hängen blieb ich an einer, die Frau war und ist, in ihren Formen und in ihrem Ausdruck. Die wesentlich älter ist als ich und die keine Rücksicht nahm auf all die Verbotsschilder vor meinen Gefühlen. Sie hat meine Gefängnismauern mit Leichtigkeit durchbrochen und erst im Nachhinein festgestellt, dass sich da Hindernisse befanden." Auch Nath lachte.

Namid meinte weiter: „Aber um keinen Preis der Welt würde ich sie wieder hergeben." Es trat eine Pause ein, in der jeder der beiden auf seine Weise nachdachte.

„Du hast dich wirklich sehr verändert, seit ich dich kenne", begann Nath nach einer Weile. „Jetzt bist du wirklich jung und lebendig in dir und nicht nur auf dem Papier." Wieder mussten beide lachen und Namid ergänzte, „das reimt sich sogar".

Nath fuhr dann fort: „Es bestätigt sich immer wieder, wer liebt, bedingungslos, sich in der Liebe verlieren kann, ohne sich selbst dabei aufzugeben, der ist wirklich frei. Wie ich sehe, ist das bei dir und Sophia so."

Namid nickte zustimmend. „Genau so fühle ich mich mit Sophia, in der Liebe frei, unendlich frei. Und wenn du dir den Garten ansiehst, so kannst du diese Liebe auch darin sehen."

Nath sah sich bewundernd um und nickte nur.

„Jeder, der kommt, möchte aus dem Garten nicht mehr weggehen", erklärte Namid bewegt. „Die Liebe der Erde, in Verbindung mit unserer Liebe, macht dieses Stück Land zum Garten Eden."

Nach einer kurzen Pause fragte Namid Nath: „Erinnerst du dich noch an die Zeit, als ich Tom ständig mitnehmen wollte, damit er dieselbe Entwicklung machen kann wie ich? Damals wollte ich eigentlich jeden mitnehmen und es bedurfte schon einiger schmerzlicher Erfahrungen, bis ich Tom und die anderen dort stehen lassen konnte, wo sie waren. Damals war ich oft deprimiert und ohne Hoffnung, dass sich jemals etwas ändern wird. Tom war für mein Empfinden stur und uneinsichtig. Unsere wirtschaftliche Lage wollte ich damals auch nicht ansehen und philosophierte lieber mit ihm über allerlei Themen. Ich erinnere mich ab und zu daran, dass ich dich einmal fragte, ob die Gedanken, die ich mit Tom austauschte, und zwar über das Thema *Liebe leben* und wie es in der Bibel heißt *Ich bin die Liebe als mein Leben*, richtig waren. Nur hatte ich einen Versprecher und sagte anstatt *als* mein Leben, *um* mein Leben. Du hast mir erklärt, dass es nicht um mein Leben geht."

„Genau", übernahm Nath das Wort. „Die Liebe *ist* dein Leben, wie das Leben jedes Menschen. Wenn du dein Leben geben müsstest, um die Liebe zu haben, ergäbe dies keinen Sinn – das Thema hat viele Facetten. Wenn einer jedoch mehr darüber wissen will, dann kommt er nicht darum es *zu leben*.

Wenn du sagst, ich bin die Liebe *als* mein Leben, dann triffst du es. Denn wenn dein Leben die Liebe ist, hast du von allem reichlich. Du kannst dir auch täglich sagen: Ich will Liebe leben – und es wird geschehen. Du, jeder, kannst es immer bekräftigen und in aller Bescheidenheit sagen: *Ich bin die Liebe als mein Leben.* Und wenn die Liebe unter allen gleich ist, dann erst ist Frieden auf der Welt.

Du Namid, genau wie jeder andere Mensch, wirst die Liebe wohl annehmen müssen, wie sie dir oder jedem erscheint. Die Liebe, im Innen wie im Außen zu leben, ist ein Stück Gleichmut. Ich bin im Innen wie im Außen *gleich-mutig*. Ich achte und akzeptiere mich, wie ich bin. So sollten deine Gedanken, wie die Gedanken eines jeden Menschen sein. Und wenn du überprüfst, was alles zu deinem Leben gehört, absolut alles, dann wirst du feststellen, wo die Liebe noch fehlt."

„Deine Ausführungen haben mir schon immer sehr geholfen, denn mit der Liebe hatte ich schon so meine Herausforderungen."

Nath nickte erkennend mit dem Kopf. „Kam nicht auch Jeshua zu dem Gespräch dazu"?, fragte er.

„Ja", antwortete Namid. „Er sprach auch das Thema mit Tom an und sagte ..."

„Was sagte ich?" Jeshua stand ganz plötzlich vor den beiden. Überrascht sprang Namid auf.

„Das ist der Vorteil der Geistwesen, die können überall sofort sein", lachte Nath, stand ebenfalls auf und begrüßte Jeshua herzlich. Eine Begrüßung zwischen Menschen und Wesen aus anderen Ebenen war nur bedingt möglich, sie glich eher einem kurzen miteinander Verschmelzen.

„Kannst du etwas bleiben?", fragte Namid.

„Selbstverständlich kann ich das, aber über was habt ihr euch denn unterhalten, zu dem ich in der Vergangenheit etwas beigetragen hatte?"

„Wir sprachen über Tom und mein Verhalten, auch über den Umgang mit der Liebe," antwortete Namid.

„Jaja, die Liebe", begann Jeshua. „Alles Wissen nützt nichts, wenn du es nicht umsetzt. Ich weiß, dass deine Situation schwer war, Sohn der Sterne. Du hast damals so oft über den Glauben und das Vertrauen gesprochen und es waren nur Lippenbekenntnisse. Heute sieht es anders aus."

„Das stimmt", pflichtete ihm Namid bei. „Zu jener Zeit bevor ich Sophia kennenlernte, hatte ich keine Arbeit, keine richtige Wohnung, befand mich in einer großen Depression, wusste nicht, wie es weitergehen sollte, stand am Anfang meiner geistigen, spirituellen Entwicklung und dann kommt so ein hochspirituelles Wesen wie du zu mir. Manchmal waren es böhmische Dörfer für mich und ich war total überfordert mit dem, was du zu mir sagtest. Oft habe ich erst im Nachhinein begriffen, was du mir oder uns vermittelt hattest."

„Ihr seid Menschen und selbst Wesen anderer Dimensionen verstehen auch nicht alles sofort. Weißt du noch, was du vor einiger Zeit erfahren hast? Die Hölle des Menschseins zu schließen, sollte deine Aufgabe werden. Doch zuerst musstest du deine eigene Hölle schließen, dann konntest du dich um die der anderen kümmern. Du hast mittlerweile erkannt, dass jeder selbst daran mitarbeiten muss. Du kannst einem anderen nichts abnehmen, er muss es für sich selbst tun und du kannst ihn darin unterstützen. Wenn du dabei auf das Gebot der Liebe achtest, ist alles gut. Du solltest nur zusehen, dass sein Weg klar und licht ist, sodass jeder, der dir folgt, sicheren Fußes gehen kann. Ihr Menschen seid nun mal mit eurem freien Willen ein Spielball desselben, ob es euch gefällt oder nicht. Der, der in sich gefestigt ist, wird sich nicht so schnell in die Irre führen lassen. Du weißt jedoch selbst, wie schwer es ist, sich zu öffnen, seinen Gefühlen freien Lauf zu lassen. So hast du Verständnis für andere und verurteilst sie nicht.

Wenn einer, so wie du, ein Licht, ein Leuchtturm ist, der seinen Weg geht, dann wird er sicher viele Neider finden, aber noch mehr wird er Menschen in seinen Bann ziehen, die ihren Weg genauso gehen wollen.

Licht und klar sollte jeder Weg sein, der gegangen wird", führte Jeshua weiterhin aus, „und lasse weiterhin jeden seinen Weg gehen, so wie du deinen Weg gehst. Mehr Klarheit kann ich niemandem geben. Ich weiß, du hättest gerne andere Worte, damals wie heute. Wenn du aber auf dein Herz achtest, wirst du wissen, was zu tun ist. Du tust gut daran, etwas Abstand einzuhalten wenn du merkst, dass der andere, wie damals Tom, nicht mitgehen will. – Du willst, dass sich etwas bewegt? Dann wolle es nur für dich. Du konntest Tom dort stehen lassen, wo er stand und hast begonnen, dir mehr zu vertrauen. Dass deine Gefühle richtig sind und dass dein Wissen nicht das eines Schülers ist. Danach wurde manches einfacher für dich. Du lerntest, hinter die Dinge zu sehen, indem du auf dein Gefühl hörtest und dein Wissen mehr und mehr achtetest."

„Ja", meinte Namid zwischendurch, „auf mein Gefühl konnte ich zu jener Zeit noch nicht hören und schon gar nicht vertrauen, da war ich mir noch viel zu unsicher. Schließlich war Tom fast zwanzig Jahre älter als ich und hatte mehr Erfahrung. Zudem war ich ein zu brav erzogener junger Mann. Aber ich habe es schließlich mit viel Geduld und Übung doch geschafft."

„Hast du damals nicht auch die Zeichensprache kennen und deuten gelernt?", fragte Nath.

Namid nickte. „Es war ein interessantes Gebiet und ich begann manches besser zu verstehen. Doch ganz kapiere ich es immer noch nicht."

„Sei dir nicht böse, dass erst jetzt die Zeit für dich da ist, in der du Bilder besser interpretieren kannst", sagte Jeshua einfühlsam zu Namid.

„Alles braucht seine Zeit. Heute kannst du besser verstehen, dass ein Mensch mit seinem Verhalten ein Bild ist. Und wie du bereits weißt, war Tom für dich ein Spiegelbild. Sobald du nun gelernt hast zu sehen, nicht nur bei ihm, kannst du in jedem Menschen lesen wie in einem Buch. Wie willst du etwas Großes in Angriff nehmen, wenn das Kleine um dich herum noch bremst? Die vielen Steine, die um dich herumliegen, erschweren dir das Weitergehen, also gehe Schritt für Schritt.

Du hast recht, wenn du sagst, dass das Päckchen der Bewusstseinsblockaden für die Zukunft, für das Neue, ganz klein sein muss. Du musst dich aber nicht quälen, um es zu erreichen. Wenn jeder am Ball bleibt, ihn aber nicht wegkickt, ständig mit dem richtigen Maß handelt, dann klärt sich Vieles fast von allein. Das richtige Maß ist wichtig. Du darfst dich immer noch daran gewöhnen, dass die Frequenzen um euch nur langsam erhöht werden, sonst knallen bei euch die Sicherungen durch, wie ihr so schön sagt. Dies gilt immer noch, es muss in eurem eigenen Interesse langsam gehen. Eure psychiatrischen Anstalten sind schon voll genug. Die Frequenz hat mit der Informationsflut zu tun, die euch erreicht und die mit Liebe kommt, mit sehr viel Liebe. Dazu zählt auch die Information der Zeichensprache. Also übe weiterhin und habe etwas Nachsicht mit dir." Jeshua sah liebevoll von Namid zu Nath. Zwei unterschiedliche Männer und doch sehr gleich. Nath konnte sich bereits ohne große Probleme in den jenseitigen Bereichen aufhalten und Namid begann, mehr davon zu verstehen, zu integrieren und anzuwenden.

„Du kannst jeden lieben, denn auf seine Weise ist jeder liebenswert", führte er weiter aus. „Du weißt selbst, es gibt niemanden, der von Grund auf schlecht ist. Also, wenn du Tom wie jeden anderen lieben konntest, dann hattest und hast du auch die Größe ihn wie jeden anderen auch, wie ein liebender Vater anzusehen, der Nachsicht übt mit seinen Kindern, die manches noch nicht wissen. Immer wieder sagte ich euch: Vergesst die Liebe nicht. In dem menschlichen Gefangensein ist es nicht immer einfach, daran zu denken. Aber verhalte dich nicht so, als wenn du es besser wüsstest. Mancher von euch ist in seinem Menschsein noch zu sehr verhaftet. Du darfst Feststellungen machen, jedoch ohne Wertung. Und wenn du feststellst, dass Toms Verhalten immer noch das Gleiche ist wie vor Jahren, dann lasse ihn. Du musst nicht bei ihm bleiben, er ist alt genug – er kann ohne dich gehen. Du musst ihm nicht die Hand halten wie einem Kind. Er darf so sein, wie er ist, genau wie du. Aber das hast du ja bereits getan. Viele halten viel zu lange an alten Bildern, an alten Gewohnheiten fest. Das Neue oder das Andere ist noch zu unsicher. Wenn du dir deines Wissens bewusst wirst, deiner Weisheit, kann es den Einen oder Anderen geben, der dich als überheblich abstempelt und dies trotz aller Beschei- denheit. Natürlich kann es auch vorkommen, dass dein Ego dadurch eine enorme Aufwertung erhält. Doch du weißt das und musst dich mit deinem Wissen, mit deiner Weisheit, nicht in den Vordergrund spielen, um auf dem Weg des Meisters zu sein. Hüte dich davor, einen inneren Groll aufzubauen oder eine innere Haltung anzunehmen, die ausdrückt: *Ich weiß es besser* oder aber *Ich bin besser*, denn dann hättest du nichts gelernt.

Beim nächsten Mal, wenn du in die Stille gehst, betrachte doch einmal dein Herzzentrum und wenn du möchtest, konzentriere dich auf die Herzzentren der Personen, die du kennst und siehe selbst, wie schön jeder ist."

„Das hast du mir beim letzten Mal auch schon vorgeschlagen und ich habe es getan", sagte Namid

„Was kam dabei heraus?", unterbrach ihn Nath.

Namid lachte auf. „Bis ich etwas erkennen konnte, dauerte es Monate und ich war darüber oft frustriert. Aber dann konnte ich sehen, wie eng oder licht die Einzelnen waren und wie sehr doch ihr Licht nach außen drängte. Das war wunderbar, ein erhebendes Gefühl für mich."

„Was ist denn aus deinen Freunden geworden?", Nath griff nach dem Wasserkrug, goss zwei Gläser voll und reichte Namid eines davon, Jeshua als

Energiewesen benötigte solches nicht. Ehe Namid antwortete trank er erst einen großen Schluck.

„Du erinnerst dich bestimmt, dass wir, beziehungsweise ich, unbedingt etwas mit den anderen aufbauen und arbeiten wollte", erklärte er. „Es lief und lief auch wieder nicht." Er trank sein Glas leer und füllte es sich abermals.

„Was ich damals nicht sah", sagte er dann, „waren die Verletzungen bei mir, die aus der Zusammenarbeit mit Tom stammten. Sophia hielt sich sehr im Hintergrund, sodass ich allein herausfinden musste, was abläuft. Sie fragte mir allerdings hin und wieder Löcher in den Bauch, was mein Gefühl sei, welches ich kaum wahrnahm, und wie ich mich insgesamt fühle. Sie brachte mich mit ihrer Fragerei dazu, eine andere Ebene des Betrachtens einzunehmen." Namid leerte sein Glas in einem Zug und goss sich und auch Nath sofort wieder nach. Nachdenkend fuhr er dann fort. „Ich glaube es war genau vor zwei Jahren, als du auch hier warst und mit uns redetest." Er sah Jeshua direkt an. „Danach konnte ich Tom endgültig loslassen, damit er seinen Weg gehen konnte. Ich hatte erkannt, dass er das kann und muss.

„In deinem Herzen sah ich zu jener Zeit immer wieder eine Sorge, dass dieser Eine nicht zugrunde geht darf", warf nun Jeshua ein. „Auf der einen Seite sprach es für dich, auf der anderen Seite gegen dich. Es ist das Ego, das unbedingt will, dass der andere mitgeht. Er muss es nicht. Viele Wege führen ins Licht und nicht jeder, der ins Licht will, kommt dort an. Etwas zu wollen, etwas umzusetzen, zu handeln, das ist ganz in Ordnung. Doch schau auf die Motive, die dahinter stehen. Wie oft möchtest du beispielsweise für dein Tun Anerkennung, Honig um den Mund gestrichen bekommen, hören, wie gut du bist, wie toll du bist? Sieh es dir nach. Du konntest deine Sorge in Mut umwandeln und in Wissen. In Wissen und Vertrauen, dass er seinen Weg geht und sein Glück findet, genauso wie du. Er ist ein geliebtes Kind des Universums, genau wie du. Lass dich in deinem Tun und in deinem Handeln nicht beirren. Wenn du für dich weißt, was du willst, wo dein Ziel liegt, wo du hin tendierst, dann gehe und unternehme alles, was dazu notwendig ist, und lasse den anderen seine Entscheidungen treffen. Ich kann mich daran erinnern, dass ich dir damals sagte: Nichts geht fehl in diesem Universum, nichts geht verloren. Das war ein gewisser Trost für dich. Selbst Geschwister sind manches Mal nur für eine kurze Zeit füreinander da. Um sich dann zu trennen; der eine lebt hier, der andere dort – und nur das Wissen umeinander reicht dabei aus, um beiden Halt und Sicherheit zu geben."

Jeshua sah Namid lange an, ehe er feststellte: „Du hast so viel verändert seit jener Zeit. Du bist so weich und zart geworden für dich, so voller Vertrauen und doch ganz und gar ein Mann der Erde."

Namid war berührt über diese Worte. Nachdenklich meinte er: „Damals glaubte ich, Tom steht zu Unrecht auf der Verliererseite, weil andere ihm Böses wollten. Mit mir sollte er das große Los gezogen haben und deshalb sollte er dasselbe tun wie ich. Nun", er überlegte kurz, „ich musste lernen, dass jeder Mensch für sein Leben selbst verantwortlich ist, überhaupt dann, wenn er schon lange den Kinderschuhe entwachsen ist. Tom bildete da keine Ausnahme und ich selbst ebenso wenig."

„Wie lange brauchtest du, um so weit zu kommen?",
wollte Nath zwischendurch wissen.

„Eigentlich weißt du es", sagte Namid lachend. „Es
brauchte über ein Jahr intensiver Arbeit an meinen
Verletzungen, mit mir und meinem Leben. Du sagtest
damals, während dieser Loslösphase zu mir", er sah
Jeshua dabei an, „ihr zieht einen ungleichen Karren. Es
hat lange gedauert, bis ich das wirklich wahrhaben
wollte. Auch was Hathyra zu mir sagte, hatte lange
gebraucht, bis ich es verstanden hatte. Sie sagte, ich
habe in den Weiten meines Geistes mehr Kompetenz
und Macht, als ich es mir eingestehe. Ich habe viele
Informationen über Dinge, die geschehen könnten,
mein Geist könne noch nicht alles erfassen. Ich solle
meinem Gefühl, meinem Herzen die Führung über-
lassen, dann könnten die Dimensionen nicht groß
genug sein. Es gäbe nicht viel, worüber ich reden
müsse, wenn der Geist so groß sein dürfe, wie er
wirklich ist.

Nath lächelte und nickte. „Es ist schon eine Weile
her, dass ich sie gesehen habe. Wenn ich allerdings
euren Garten ansehe, dann sehe ich auch die Hand von
Hathyra."

„Stimmt", sagte Namid und stand auf. „Ihre
Anleitung und Mithilfe ist unverkennbar. Sie und
Sophia haben sich beim Gartenanlegen hervorragend
ergänzt."

„Und du warst ein sehr guter Schüler", stellten Nath
und Jeshua scherzend fest. Alle drei mussten herzlich
lachen.

„Isst du eine Kleinigkeit mit? Ich habe Hunger",
fragte Namid. Und an Jeshua gewandt, meinte er
scherzhaft: „Was darf ich dir anbieten?"

„Was hast du denn Gutes anzubieten?", kam es zurück.

„Kommt beide doch mit in die Küche und sucht es euch aus. Sollte dort nicht das Richtige oder nicht genügend sein", Namid machte mit seiner Hand eine ausholende Bewegung Richtung Gemüsebeete, „dann findet sich bestimmt dort etwas."

Jeshua lachte, bedankte sich für die Einladung, zog es jedoch vor, wieder auf seine angestammte Ebene zurückzukehren. Nath ging mit Namid indessen in die Küche.

„Wie kommst du denn mittlerweile mit eurem Altersunterschied zurecht?", fragte er unterwegs.

„Das ist kein Thema mehr für mich und seit Sophia des Öfteren für jünger gehalten wird als ich, sowieso nicht mehr", antwortete Namid.

„Wieso das denn"? fragte Nath neugierig. „Ich weiß nicht alles über euch".

Doch es kam nicht zu einer Antwort, denn an der Tür läutete es.

„Das ist aber eine Überraschung", rief Namid erfreut aus, als er geöffnet hatte

„Lorenz, schön dich mal wieder zu sehen. Komm rein."

Die beiden Männer begrüßten sich herzlich.

„Heute habe ich nur wundervollen Überraschungsbesuch", freute sich Namid, „und du kommst gerade rechtzeitig, um mit Nath und mir gemeinsam zu essen. Komm, sieh was da ist und suche dir etwas aus." Damit führte er Lorenz in die Küche.

Dieser wehrte ab. „Deshalb bin ich nicht gekommen". Nach kurzem Überlegen fügte er hinzu: „Die Einladung nehme ich aber dennoch gerne an. Zumal zu Hause dicke Luft ist." Dann begrüßte er Nath aufs Herzlichste, der ihm mit offenen Armen entgegenkam.

„Lange nicht gesehen", sagte der und drückte Lorenz fest an sich. „Um was geht es denn zu Hause?"

Lorenz zuckte mit den Schultern. „Das Übliche", meinte er resigniert. „Ich würde Sarah nicht verstehen, mir keine Mühe geben und so weiter. Manchmal denke ich, sie versteht sich selbst nicht. Aber sagen darf ich nichts, sonst ist sie gleich wieder beleidigt."

An Namid gewandt, sagte er mehr fragend: „Bei dir und Sophia habe ich so etwas noch nie erlebt. Ich kann mir auch nicht vorstellen, dass es bei euch Streit gibt.

Namid hatte unterdessen begonnen, einige Zucchini klein zu schneiden, die er dann in eine heiße Pfanne warf. „Wenn du mir etwas Zeit gibst, antwortete ich dir, sobald ich hier fertig bin. Ihr könnt schon mal Teller und Besteck richten und den Tisch decken. Wir können draußen essen."

Dann galt seine ganze Aufmerksamkeit der Zubereitung des Mittagessens.

Lorenz wusste, wo er alles fand. Er war seit einiger Zeit mit Sophia und Namid befreundet und ihr Haus war sein heimliches zweites Zuhause geworden. Er liebte die Atmosphäre in dem Haus und die Energie der beiden, wirkte für ihn meist euphorisierend. Nath half ihm, alles auf ein großes Tablett zu stellen.

„Ich wollte von Namid auch schon wissen, wie er mit dem Altersunterschied zwischen sich und Sophia zurechtkommt", sagte er neckend zu Lorenz.

„Mit welchem Unterschied?", scherzte dieser, „so viel älter ist Namid nun auch wieder nicht."

„Ich bin gleich fertig", hörten sie diesen aus der Küche rufen, „und wer lästert, darf abspülen."

Der Tisch war noch nicht ganz gedeckt, als Namid auch schon mit einer großen Pfanne ankam.

„Wie das wieder duftet", schwärmte Lorenz.

„Na dann greift zu und einen guten Appetit." Sie reichten einander die Hände und dankten für die Mahlzeit.

Der erste Teil des Essens verlief ohne Unterhaltung und nur ab und zu hörte man ein genüssliches „Hmm" oder „Wunderbar, sehr gut".

≈≈≈

Viertes Kapitel

Immer wieder blieben Sophia und Kyra stehen, besahen sich besonders große Buchen oder genossen die kühle Luft zwischen dicht gewachsenen Fichten.

„Wie ging es bei euch weiter", fragte Kyra nach einigen tiefen Atemzügen frischer Waldluft.

„Das Energiewesen Tulipa machte mir unmissverständlich klar, dass mein Denken größer werden müsse, um die Dimension, die hinter dem Wesen der Dinge liege und im speziellen der Liebe, zu begreifen. Er, beziehungsweise die Energiewesen, die mit ihm kamen, sagten zwar, dass ich bereits groß denken würde, dass aber noch zu viele Grenzen vorhanden seien. Liebe und alles Seiende seien grenzenlos. Das war harte Kost für mich."

„Wer sind die, die mit ihm kamen?", wurde Sophia unterbrochen. Kyra hörte fasziniert und gespannt zu.

„Es waren andere Energiewesen, die sich meiner als Sprachrohr bedienten und mit denen ich mich unterhalten konnte", antwortete Sophia.

„Zu jener Zeit tauchte das Thema Maya und die Hüter der Zeit bei mir auf. Ich konnte in Erfahrung bringen, dass sie auch Meister der Energien sind und vortrefflich damit arbeiteten. Langsam und behutsam wurde ich auf dieses Thema eingestimmt. Energiearbeit war damals schon nichts Unbekanntes für mich, doch das, was mit dem Thema Maya und Tzolkin Kalender kam, war eine Klasse für sich."

„Was ist ein Tzol... wie hieß das gleich noch mal?", wollte Kyra wissen.

„Tzolkin", wiederholte Sophia lächelnd. „ Eine sehr präzise Auslegung der Qualität der Zeit. Ein kleines, intensives, aber sehr lohnenswertes Studium brauchst du allerdings dafür, um ihn einigermaßen zu verstehen. Wenn es dich interessiert, Namid ist darin wirklich gut und kann es dir leicht verständlich erklären."

Sie gingen einige Zeit schweigend miteinander weiter. Der Wald mit seinen Gerüchen und Geräuschen schlug sie für einige Zeit voll in seinen Bann. Irgendwann fing Sophia wieder zu reden an.

„Tulipa erschien mit der Zeit immer seltener", erklärte sie, „und die Auseinandersetzung mit Weltlichem nahm zu. So Kleinigkeiten wie Unfälle und Arbeitslosigkeit wurden mir eingespielt, um mir klarzumachen, ich muss bei mir etwas ändern. Nur was, konnte ich nicht erkennen, das brauchte seine Zeit."

Der Weg wurde steiler und sie unterbrach für kurze Zeit ihre Ausführungen. „Alles ist Energie", begann Sophia, als der Weg ebener wurde. „So weit war ich bereits, doch dann kam eine andere Ebene des *Begreifens* hinzu und mit jedem Begreifen wechselte diese, wurde vielschichtiger und, wie mir erschien, intensiver."

„Das kenne ich irgendwie", warf Kyra lachend ein, „man denkt, man hat etwas erledigt oder kapiert, dann kommt das gleiche Thema noch mal, nur in einer anderen Verpackung. Du denkst mit der Zeit, du bist im falschen Film und wirst verschaukelt."

„So ist es!", bestätigte Sophia. „Auf der mentalen Ebene hatte ich Tulipa und seine Freunde, um das Thema Energie genauer kennen zu lernen und im

Stofflichen einen Freund und Kollegen, der mir das Thema Energiearbeit in Form von Familienstellen nach Hellinger näherbrachte – drei verschiedene Bereiche der Energiearbeit und doch alle gleich.

Zu jener Zeit sah ich das aber nicht so. Ich fühlte mich eher gestraft. Unmut machte sich breit, immer noch war ich allein und mir war alles zuviel. Allerdings war ich auch neugierig, was alles machbar ist. Bei einer spontanen Session stellte sich das Energiewesen Oczanteh vor, der geistige Vater von Namid und wie ich heute weiß, ein Maya. Er sagte mir, dass mich sein Sohn bald kennen lernen würde und er bereits in meiner Nähe sei. Auf Namen oder Beschreibungen ließ er sich nicht ein, es war gut so."

Die beiden Frauen hatten sich entschieden, einige Zeit ohne vorgefertigten Weg durch den Wald zu gehen. Ihr Weiterkommen gestaltete sich jedoch etwas mühsam, da sie einige größere Felsen überwinden mussten, die sich unvermittelt auf ihrem Weg befanden. Zwischendurch blieb Sophia stehen, sah sich um und meinte lachend: „Das war wohl keine so gute Idee, quer durch den Wald zu gehen, das gestehe ich, auch wenn es hier wunderschön ist."

Kyra zeigte etwas oberhalb ihres Standortes auf einen größeren, flach aussehenden Felsen, der in der Sonne lag.

„Schau", meinte sie, „der Felsen dort oben lädt zum Verweilen ein, auch wenn wir erst eine Pause gemacht haben. Doch ich denke, nach dieser Klettertour haben wir uns eine weitere Rast verdient."

Sophia nickte zustimmend und beide kletterten weiter. Bis sie oben angelangt waren, dauerte es allerdings noch. Es sah von unten wesentlich kürzer aus, als es dann tatsächlich war. Das letzte Stück gestaltete sich dann endlich wieder flacher und beide wollten zügiger laufen. Doch wie auf ein geheimes Kommando hin rutschten sie gleichzeitig auf dem immer noch feuchten Moos aus und landeten auf den Knien. Sie lachten wie aus einem Mund über die Synchronität und nur zum Spaß liefen sie auf allen Vieren die letzten paar Meter zu ihrem Ziel. Von der Kletterei ganz außer Atem gekommen, legten sie sich sogleich der Länge nach auf den warmen Fels.

Nach einer Weile fragte Sophia mit sanfter Stimme: „Spürst du die Liebe, die von diesem Felsen ausgeht?"

Kyra sah sie nur ungläubig an.

„Oh", flüsterte daraufhin Sophia, „ich kann dich verstehen. Ich war auch mal so. Dass ich es heute so empfinde, liegt an der Ausbildung, die ich hinter mir habe". Sie überlegte kurz und fuhr dann fort: „Ich erzählte dir bereits, dass sich mit dem Erscheinen des Energiewesens Jeshua meine Energie veränderte. Je nachdem, wie stark die Energiezufuhr von der geistigen Seite war, reagierte ich sensibler auf meine Umwelt. Glaub mir, ich war heilfroh, dass ich streckenweise nur halbe Tage gearbeitet hatte. Ich weiß nicht, wie ich es sonst verkraftet hätte, denn ab und zu bat ich um Beschleunigung, die ich auch prompt erhielt. Manchmal hielt ich mich allerdings für etwas bescheuert." Sophia lächelte schwach als sie sich an ihre Gefühlszustände erinnerte.

„Weißt du", fuhr sie fort, „wenn ich übers Feld ging und ein kleines weißes, fast unscheinbares Blümchen, kleiner als der kleine Fingernagel, mich vor Glück und Freude zum Weinen brachte, da hielt ich mich schon ab und zu für nicht mehr ganz normal. Aber ich fühlte mich gut und nur das zählte für mich. Ich habe Durst", unterbrach sie sich und griff nach dem Rucksack und ihrer Wasserflasche. Kyra tat es ihr gleich.

Sie setzten sich und rückten näher an die Kante des Felsens, damit sie besser sitzen konnten. Ihre Jacken hatten sie schon lange ausgezogen; sie dienten ihnen nun als Sitzpolster. Einige Pilze wuchsen in ihrer Nähe und verbreiteten ihren ganz besonderen Duft.

So saßen sie eine Weile, schauten sich die nähere Umgebung an, die einige kleinere und größere Felsbrocken beheimatete und genossen einfach den Wald. In die Ruhe hinein erklärte Sophia mit weicher, leiser Stimme weiter: „Die Liebe, die mich heute mit Namid verbindet, ist auf allen Ebenen genau so, wie ich es mir vorstellte. Wenn ich daran denke, dass wir dieses Geschenk erst überhaupt nicht annehmen wollten, muss ich immer noch über uns schmunzeln. Namid ging es nicht anders als mir." Sophia schloss ihre Augen, als sie weitersprach.

„Irgendetwas an mir interessierte ihn, aber näher hinsehen, was das ist, wollte er lange Zeit auch nicht. Mit Neid musste ich mich gleich zu Beginn meiner Beziehung auseinandersetzen. Eine damalige Freundin reagierte stets eigentümlich, wenn sie zu mir kam und Namid war schon da oder kam dazu.

Namid und ich harmonisierten von Anfang an, hatten keine Auseinandersetzung oder gar Streit. Es war und ist einfach großartig. Aber meine Freundin war eifersüchtig, denn sie hätte auch gerne eine solche Partnerschaft gelebt. Dass dazu eine gehörige Portion Eigenarbeit notwendig war und ist, sah sie nicht und andere ebenso wenig.

„Hast du zu ihr noch Kontakt?", wollte Kyra wissen.

„Nein", antwortete Sophia, „der Neid und die Eifersucht verhinderten es. Damals war ich lange Zeit sehr traurig darüber, aber heute denke ich, es war gut so. Ich muss mich nicht verbiegen, um zu gefallen und um geliebt zu werden."

Kyra runzelte fragend ihre Stirn. „Was meinst du mit *verbiegen?*"

„Nun", sagte Sophia, „ich musste lernen, dass ich nicht das tun muss, was andere von mir erwarten, um geliebt zu werden. Auch das war ein langer Prozess, mich aus den Machtspielchen meines Umfeldes heraus und von ihren Erwartungshaltungen fernzuhalten. Wenn da welche spielen wollen – bitte, aber ohne mich."

Sophia erhob sich, räumte ihre Sachen zusammen und wandte sich fragend an Kyra: „ Auch wenn es hier noch so schön ist, gehen wir weiter?"

Diese nickte nur, während auch sie ihre Sachen zusammenpackte. „Bevor wir jedoch gehen", bat Kyra, „bräuchte ich erst noch einen Busch." Sie sah sich um. Den fand sie nicht, dafür aber eine kleine Steinformation, die genug Schutz vor neugierigen Blicken bot, falls sich Spaziergänger hierher verirren würden.

„Das ist eine gute Idee", stimmte Sophia zu. „Wenn du wieder kommst, dann verschwinde ich auch einmal."

≈≈≈

Als sie wenig später ihre Tour fortsetzten, fanden sie auch gleich wieder zurück auf den richtigen Weg.

Ohne Worte waren sich beide Frauen einig, dass sie diesen Weg nur noch im Notfall verlassen würden und den würde es nicht geben.

„Wie gingen oder gehen denn deine Kinder mit deiner neuen Liebe um?", wollte Kyra nach einiger Zeit wissen.

„Mittlerweile gut", war die Antwort. „Beide respektieren und akzeptieren ihn als den Mann an meiner Seite."

„War das nicht immer so?", fragte Kyra überrascht.

Sophia atmete tief durch, ehe sie antwortete: „Eifersucht und Neid machen vor den eigenen Kindern nicht halt. Die Große war zuerst Feuer und Flamme, dass es endlich wieder einen Mann in meinem Leben gab und die Kleine lieferte mir eine Szene nach der anderen. Sie hatte ihre Mama fast neun Jahre allein für sich und ich war ausschließlich für sie da. Wer lässt sich schon gerne Sonderrechte aus der Hand nehmen? Sie jedenfalls nicht. Irgendwann lief es mit der Kleinen besser, dann spielte die Große verrückt. Mama rief nicht mehr so oft an, brauchte auch nicht mehr so oft ihr Feedback in geschäftlichen Dingen. Wer geht schon gerne von der Position der ersten Beraterin, auf die der zweiten? Sie tat sich jedenfalls schwer damit, auch, was die Harmonie zwischen mir und Namid betraf."

Sie seufzte. „Als Namid bei uns einzog, wurde meine Kleine krank. Sie hatte Angst, nicht mehr wichtig zu sein."

„Wie alt war denn deine Kleine da?", wollte Kyra wissen.

„Siebzehn", sagte Sophia nach kurzem Überlegen.

Fünftes Kapitel

Wie ist das nun mit dir und Sophia?", wollte Lorenz, nachdem der erste Hunger gestillt war, endlich wissen.

Namid musste erst den Bissen in seinem Mund hinunterschlucken, bevor er antworten konnte.

„Es lief bei uns von Anfang an sehr harmonisch", begann er. „Ich war sehr skeptisch und wartete auf einen Haken, aber da war keiner. Sophia hat mir den Raum und die Zeit gegeben, die ich brauchte und sie nahm den Platz ein, der bei mir frei war. Dadurch, dass ich ständig an mir arbeitete, mich immer besser verstand und auch lernte, den Dingen eine andere Bedeutung beizumessen, konnte sie immer mehr Raum einnehmen. Sie ist eine Frau, die weiß, was sie will, jedoch ohne Druck und ohne zu müssen. So konnte ich mich als Mann entdecken und entfalten und sie sich als Frau leben." Er aß eine Gabel voller Gemüse, ehe er weitersprach.

„Am meisten machte mir zu schaffen", sagte er dann, „dass sie in mir lesen konnte wie in einem Buch." Er lachte verlegen.

„Kein Gefühl blieb vor ihr geheim, das war bisweilen schon recht nervig", sagte er an Lorenz gewandt. „Aber ich gewöhnte mich daran. Nur wenn es um den Altersunterschied ging, als er noch sichtbar war, und ich sehr viele innere Kämpfe austrug, war es für mich wirklich unangenehm, dass sie alles mitbekam. Gott sei Dank schien sie es immer gleich zu merken und zog sich zurück." Er nahm ein Stück Zucchini und steckte es sich in den Mund. „Es war nicht immer leicht für mich, diesen Unterschied zu akzeptieren", bemerkte er etwas traurig.

„Mehr als einmal überlegte ich mir, mich von ihr zu trennen. Aber es gab keinen Grund, keinen wirklichen, außer, dass sie um einiges älter war als ich. Weißt du", sagte er an Nath gewandt, „bis wir Menschen unser Glück annehmen können, dauert es manchmal recht lange. Sophia trug dieselben Gedanken in sich. Sie hatte zu jener Zeit allerdings noch das Problem dabei, dass sie darauf wartete, dass ich Ja zu ihr und zu meinem Glück sagte und ihr solange die Hände gebunden waren, wie man so schön sagt."

Seine Augen wurden feucht, während er weitersprach. „Als sie fast keine Energie mehr besaß, keine Kraft mehr, um zu warten, hatte sie die Entscheidung getroffen, allein weiterzugehen und auf die Liebe zu verzichten." Namid schluckte schwer. „Ich bin immer noch heilfroh darüber, dass dieser Schritt nicht vollzogen wurde. Sie sagte zwar immer, unsere Beziehung gehe solange, wie es eben gehe, aber selbst da habe ich einen Haken gesucht. Wir waren so glücklich miteinander und", er wischte sich eine Träne aus den Augen, „ich konnte es nicht geschehen lassen oder besser gesagt nicht annehmen."

Seinen Gedanken nachhängend, aß er seinen Teller leer. Nach einer kurzen Pause legte er sich noch etwas nach. Er zeigte auf die Pfanne mit dem Zucchinigemüse und erklärte: „Dieses Gericht entstand als freie Kreation, kurz nachdem ich bei Sophia eingezogen war. Wir hatten Unmengen von Zucchini und ich durfte kochen."

Dann lächelte er still vor sich hin und hing abermals seinen Gedanken nach. Die anderen beiden

Männer legten sich ebenfalls noch etwas nach und sparten dabei nicht mit reichlich Lob für Namids Kochkünste.

„Für mich begann damals etwas Kurioses", begann Namid nach einiger Zeit weiter zu erzählen. „Wir haben erst lange danach miteinander darüber gesprochen, Sophia und ich. Unbewusst habe ich wohl die Gefahr gespürt, die ihre Entscheidung beinhaltete und fühlte mich genötigt, ohne dass ein Wort gesprochen wurde, selbst eine Entscheidung zu treffen. Weißt du", er wandte seinen Blick Lorenz zu, „es gab Momente, als ich innerlich völlig zerrissen war, da bauschte ich die kleinste Kleinigkeit, die mir an ihr nicht gefiel, unheimlich auf. Wenn ich ihr dann sagte, was das war, reagierte sie dankbar und kurze Zeit danach war es verschwunden. Es war auch vorher schon selten an ihr festzustellen, nur merkte ich auch, dass ich regelrecht einen Grund suchte, um nicht Ja zu ihr und zu meinem Glück sagen zu müssen. Sie wurde damals sehr still und zog sich in sich zurück. Für sie gab es, wie für mich, keinen Grund unsere Beziehung zu beenden.

Ich werde immer noch ganz traurig, wenn ich davon erzähle, wie nahe wir an dem Aus unserer Liebe standen. Nur weil ich mich quälte, mein Glück anzunehmen. Sie hatte sich ein Datum gesetzt und war bereit, mich freizugeben, damit ich mich nicht mehr quälen musste und sie endlich weitergehen konnte. Alles war bereit. Sophia auch."

Es trat abermals eine Pause ein, während der er den Rest seines Gemüses aufaß. „Das Kuriose war, nachdem ich mich zu einem bedingungslosen Ja entschlossen hatte, dass alles in meinem und ihrem

Leben wie von allein lief." Namids Augen strahlten wieder.

„Es war wie ein geheimes Kommando, auf das alles gewartet hatte. Heute weiß ich, dass ich sehr viel Angst vor dem Glück hatte. Im eigentlichen Sinne hatte ich, hatten wir, bereits alles, was wir wollten. Ich hatte die Frau, mit der man Pferde stehlen konnte und eine Tätigkeit, die mir sehr viel Spaß bereitete und leicht von der Hand ging. Nur annehmen konnte ich es nicht. Wisst ihr warum?" Namid schaute Lorenz und Nath nacheinander an. „Die Verpackung war nicht so, wie ich es wollte. Jung und schlank sollte sie sein und keine alte Frau."

Er dachte einen Moment nach, dann sagte er zu Nath. „Du hattest mir einige Zeit zuvor gesagt, dass ich mich erinnern solle, dass mein Geist frei sei – *Tamija, ein großer, freier Geist, sagtest du, in einer alten Seele. Scharf wie der Blick des Adlers wäre einst mein Geist gewesen, und wenn ich es mir erlauben würde, würde es wieder so sein. Wenn mein Herz offen genug sei, sodass die Liebe mit ihm Hand in Hand gehen könne, dann könne mein Geist das, was mein Herz begehrt, mir beschaffen.*

Ich weiß es noch, als hättest du es heute gesagt. Du erklärtest mir auch, dass *hinter meinen Ketten die Erinnerung stecke und wenn ich mich daran erinnerte, ich wissen würde, wie frei mein Geist gewesen ist und wie frei ich jetzt sei. Ich könne beides einsetzen*, hast du gesagt. *Ich soll mich erinnern, als Sohn der Sonne und des Mondes, als Kind der Erde.* Das waren wunderbare Worte, die du gesprochen hattest. Du sagtest weiter: *Lass dein Auge scharf werden und weit und weich dein Herz. Jetzt wird sichtbar, was du in der vergangenen*

Zeit, das heißt in den vergangenen Jahrhunderten, als Seelenwesen gelernt hast. Erkläre die Absicht immer wieder, dass du dich an das erinnerst, was du warst und an das, was du bist. Wenn du eine Frage hast, ziehe dich in dich zurück und lasse dich bei der Antwort führen. Es spielt dabei keine Rolle, auf welchem Gebiet es ist. – Das hat mir damals sehr geholfen."

„Mama Te patanka, Tia olgu Tamija", ergänzte Nath. „Dein Herz ist groß, dein Geist ist frei – vergiss es nicht mehr!"

„So ist es", bestätigte Namid. „Während jener Zeit musste ich oft an deine Worte denken, Nath, und wenn ich es tat, ging es mir immer gut. Es half mir auch, zu erkennen, dass ich mein Glück bereits in Händen hielt." Namid stand auf. „Wie wäre es mit einem Espresso?"

Die beiden anderen erhoben sich ebenfalls, sagten freudig „Ja" und halfen, den Tisch abzuräumen.

„Ihr könnt ruhig hierbleiben", meinte Namid, „es dauert nicht lange. Ich bringe alles raus."

Lorenz und Nath ließen sich das nicht zweimal sagen.

„Nach dem Kaffee muss ich dann aber gehen", erklärte Nath.

≈≈≈

Ein feiner Duft von Rosen und Jasmin wehte zu ihnen, als sie sich zu einem anderen Sitzplatz begaben. Nath blieb verzückt stehen.

„Das wäre ein Duft für Rico", freute er sich, „er schwärmt doch so für diese süßen, verführerischen Düfte."

„Soweit ich weiß, will Rico heute Nachmittag vorbeikommen", stellte daraufhin Lorenz fest und schnüffelte in die Luft.

„Einfach wundervoll, dieser Duft", sagten beide gleichzeitig und mussten herzlich lachen.

„Sag mal Nath, wie ist das bei euch, die ihr auf zwei Ebenen gleichwertig sein könnt? Dich oder auch Rico kann ich nur bei Namid und Sophia sehen, sonst nicht. Wieso ist das so?", wollte Lorenz wissen.

In der Zwischenzeit hatten die beiden Männer eine Sitzgruppe unter zwei Obstbäumen erreicht, die etwas im Schatten lag.

„Jeshua konnte ich noch nie sehen", fuhr Lorenz fort, „obwohl ich seine Präsenz bereits oft fühlte. Etwas schade finde ich das schon."

„Wie fühlst du dich hier, bei Sophia und Namid?" Nath antwortete mit einer Gegenfrage, während sie sich setzten.

Der Garten war sehr groß und bot einige Plätzchen zum Ausruhen und Verweilen. Man hatte den Eindruck, dass es für jede Stimmung einen passenden Platz zum verweilen gab. Unter den Bäumen war es weit und klar. Ohne Schwierigkeiten konnte man noch Stühle dazustellen, sodass ein kleiner Versammlungsort entstand, wenn einer gebraucht werden würde.

Nath schaute sich um und schenkte seiner Umgebung Achtung und Aufmerksamkeit. Lorenz beobachtete, dass sich ihnen die Zweige der Bäume beim Herannahen entgegenstreckten. Mittlerweile war er daran gewöhnt, doch erinnerte er sich, als er die ersten Male hier war und so etwas sah, dass es ihm ganz schön mulmig wurde. Seit Kurzem geschah es ab und zu, dass auch bei ihm so etwas vorkam. Anfangs war es ihm unheimlich, doch dann hatte es ihn sehr gefreut, dass die Pflanzen so auf ihn reagierten. Er überlegte und lehnte sich in seinem Sessel bequem zurück.

„Aufgehoben, angenommen." Er machte eine Pause und dachte nach, ob er nicht eine treffendere Formulierung finden könnte.

„Sie lieben mich so, wie ich bin", sagte er schließlich, „und nicht nur sie." Wieder überlegte er und schaute sich um.

„Oft scheint es mir, als würde mich jede Pflanze und jedes Tier lieben, das hier lebt. Ja," rief er auf einmal aus, „und wenn Jeshua anwesend ist, auch wenn ich ihn nicht sehen kann, ist es am intensivsten. Als würde durch seine Anwesenheit alles verstärkt."

„So ist es", bestätigte Nath. „Jeshuas Anwesenheit ist für alle ein Segen. Nicht mehr lange und du kannst ihn auch sehen."

Lorenz strahlte überrascht. „Wann?", fragte er.

„Das hängt von dir ab und der Weise, wie du dich entwickelst. Jeshua kannst du noch nicht sehen, weil du die Liebe, die er in sich verankert hat, die er ist, noch nicht aushalten kannst. Das ist auch die Antwort auf deine Frage."

Er sah Lorenz offen an. „Namid und Sophia leben die Liebe in allen Bereichen ihres Seins. Das erhöht die Schwingung von allem, was hier existiert."

Lorenz sah Nath skeptisch an. Dieser lächelte verständnisvoll.

„Ist es dir schon passiert, dass du Gäste von beiden nur verschwommen wahrgenommen hast?", fragte er und Lorenz nickte.

„Vielleicht erinnerst du dich an eine solche Begebenheit und eventuell erinnerst du dich auch noch daran, wie dein emotionaler Zustand war."

„Der war nicht so gut", gab Lorenz zur Antwort.

„Und ist es auch mal vorgekommen, dass du hierher kamst und keinen der beiden gesehen hast, obwohl dein Gefühl sagte, dass sie hier sein müssten?"

Wiederum nickte Lorenz. „Das war schon komisch", sagte er, „ich erinnere mich ab und zu mit gemischten Gefühlen daran."

„Wie war da deine emotionale Befindlichkeit?"

Lorenz überlegte. „Ebenfalls nicht gut", kam als Antwort. „Ich glaube, einmal kam ich nach einer heftigen Auseinandersetzung mit Sarah hierher. Alles stand offen wie immer und keiner war da. Ich habe mich dort bei den Rosen hingesetzt und wenn ich mich recht erinnere, bin ich sogar eingeschlafen. Als ich wieder ging, fühlte ich mich sehr gut und erholt."

„Rosen bringen immer Heilung, wenn das Gefühl verletzt ist", sagte Nath. „Deine Nieder-geschlagen-heit", er zog das Wort absichtlich in die Länge, „hat verhindert, dass du Sophia und Namid sehen konntest. Sie saßen die ganze Zeit über neben dir."

Überrascht schaute Lorenz Nath an. Dieser nickte abermals. „So einfach ist das. Du kennst den Zustand des Verliebtseins"?

Jetzt nickte Lorenz und Nath fuhr fort: „Dabei bist du in einen veränderten Bewusstseinszustand mit jedem Atom deines Seins ge-rückt. Manche sagen auch ver-rückt. Das Verliebtsein vergeht meist schnell wieder. Die Liebe aber, der Zustand des Ver-rückt-seins, bleibt. Liebe, und ich spreche von der tief empfundenen, gelebten Liebe, die allgegenwärtig ist, verstärkt diesen Verliebtseins-Zustand um ein Tausendfaches. Kannst du dir vorstellen, dass sich dein Körper im Laufe der Zeit dadurch verändert und lichter wird?" Er machte eine kleine Pause.

„Sophia und Namid hatten ein sehr hohes Ideal, nach dem sie strebten und erreichten es." Naths Bewunderung war unüberhörbar. „Trotz aller widriger Umstände, sogar in kurzer Zeit."

Langsam und bedächtig sprach er weiter. „Eine Atmosphäre wie hier kannst du überall aufbauen. Du brauchst dazu keine Gruppe, kein bestimmtes Haus oder eine Gegend, sondern nur dich und die wachsende Liebe zu dir und allem was ist."

Eine meditative Stille trat ein, in der jeder seinen Gedanken und Gefühlen freien Lauf ließ. Die Vögel empfanden das wohl als eine Art Aufforderung, ein Lied anzustimmen.

≈≈≈

Sechstes Kapitel

Beide Frauen kamen an eine Weggabelung und fragten sich, wo sie weitergehen mussten. Sie besahen sich beide Wege und entschieden sich für den, der langsam aber stetig nach oben führte. Der andere sah für sie aus, als würde er nach kurzer Zeit in dichtes Unterholz übergehen und darauf hatten beide keine Lust. Nach einer Weile nahm Sophia ihr Gespräch wieder auf.

„Weißt du Kyra", begann sie, „zu den Auseinandersetzungen mit den Kindern und der Freundin kam auch die Auseinandersetzung mit mir. Namid war der, der mir vorausgesagt wurde, daran gab es keinen Zweifel. Er besaß zudem all die Eigenschaften eines Mannes, die ich mir wünschte. War er bei mir, war es der Himmel für mich und wenn er ging, durchlebte ich eine Art Hölle, denn er ist doch recht jung."

Nachdenklich und dennoch mit leichter Stimme fuhr sie fort: „Wir wollten gemeinsam arbeiten, vielleicht sollte ich besser sagen, ich fragte ihn, ob er nicht daran interessiert sei, mit mir zusammenzuarbeiten und er sagte Ja. Ich hatte dennoch so meine Bedenken, obwohl es mich ungemein beflügelte. Eine Zusammenarbeit mit anderen war in der Vergangenheit des Öfteren gescheitert und hatte einiges an Lehrgeld gekostet, physisch und psychisch. Oft fragte ich mich auch, ob mein Zusammensein mit Namid nur Illusion sei, ein Egotrip und ob ich nicht viel zu viel Angst habe, mir geschäftlich wieder die Finger zu verbrennen."

Ein Rabe krächzte wie zur Bestätigung irgendwo hoch über ihren Köpfen. Sophia blieb stehen und schaute sich suchend um, konnte ihn aber nicht entdecken.

„Das war auch ein Thema zu jener Zeit", sprach sie weiter, „auf die Zeichen zu achten, die mir das Leben einspielte und meine Weisheit anzunehmen. Ich tat mich unendlich schwer damit."

Beide blieben noch einen Moment stehen und setzten dann ihren Weg fort.

„Ich erinnere mich", erzählte Sophia weiter, „wie zerrissen ich innerlich war. Alles passte zwischen Namid und mir, alles, nur bei unserem Alter gab es eine Kluft von zwanzig Jahren." Kyra blieb unvermittelt stehen.

„Wie viel?", fragte sie ungläubig. „Du machst Witze, oder?"

Sophia schüttelte den Kopf. „Nein, das mache ich nicht. Er ist zwanzig Jahre jünger als ich." Kyra blies die Luft durch ihre Zähne, dass es zischte.

„Das sieht man dir aber nicht an, noch nicht einmal, dass du ein Jahr älter bist, geschweige denn zwanzig", sagte sie anerkennend.

„Danke", erwiderte Sophia, „das habe ich Myra aus der geistigen Welt zu verdanken. Als ich erfuhr, dass sie 195 Jahre alt ist und aussieht, als sei sie dreißig, wollte ich genauso werden. Wie es scheint, ist es mir bis jetzt gelungen."

„Und wie hast du das gemacht?", wollte Kyra nun, noch neugieriger geworden, wissen.

Sie gingen weiter und der Weg wurde steil, sodass die Unterhaltung für einige Zeit ruhen musste.

Ein Raubvogel schrie und Sophia blieb sofort stehen. Genau wie Kyra blickte sie suchend nach oben. Die Bäume ließen aber nur eine bedingte Sicht zum Himmel zu, das Blätterdach war einfach zu dicht.

„Es scheint etwas auf uns zuzukommen", meinte Kyra und blickte aufmerksam und suchend den Weg entlang nach vorn und auch mal zurück. Doch sie waren allein im Wald unterwegs. Als sie jedoch einige Schritte weitergegangen waren, machte der Weg einen scharfen Knick und der Wald hörte plötzlich auf.

Sie befanden sich unvermittelt am Rand eines Plateaus und in einiger Entfernung, am anderen Ende, entdeckten sie ein Haus. Sie genossen die freie Sicht, den leichten Wind, der ihnen entgegenwehte und beschlossen, darauf zuzugehen. Beim Näherkommen erkannten sie, dass es ein Restaurant war und sie entschieden sich spontan, dort eine größere Rast einzulegen. Noch im Laufen holten sie sich gegenseitig die Wasserflaschen aus den Rucksäcken und stillten ihren Durst.

„Und was hast du von Myra erfahren?", wollte Kyra wissen, während sie ihre Flasche wieder verstaute.

„Sie gab mir eine leichte, schwere Aufgabe." Sophia wischte sich die letzten Wassertropfen vom Mund und räumte Ihre Flasche auch wieder weg.

„Und was heißt das nun wieder?", drängelte Kyra.

„Ich sollte mein Bewusstsein ändern, mehr nicht."

„Hmm", machte Kyra ungläubig, „und wie geht das?"

Sophia begann: „Wenn du denkst, du wirst täglich älter, so stimmt das. Wenn du denkst, du reifst täglich in deinem Geist und dein Körper bleibt jugendlich frisch, so stimmt das auch." Sophia musste lachen, als sie Kyras verdutztes Gesicht sah.

Sie erklärte weiter: „Jede Materie ist verdichteter Geist. Was mittlerweile selbst in der Physik erklärt wird, ist, dass der Geist – oder ich sage mal lieber die Energie – Materie verändern kann. Das kennst du auch aus praktischen Erfahrungen. Wenn du zum Beispiel Angst hast, dass du stürzt, so fällst du mit hundertprozentiger Sicherheit. Oder aber", sie hielt inne und blieb stehen, „strecke doch mal deinen Arm waagrecht zur Seite", forderte sie Kyra auf. „Jetzt drehst du dich so weit mit deinem Oberkörper nach hinten, wie du mit deinen Augen deinen Fingern folgen kannst."

Kyra tat, wie ihr gesagt wurde.

„Gut. Merke dir jetzt in etwa, wie weit du gekommen bist. Drehe dich wieder nach vorn, senke deinen Arm und schließe deine Augen. Stelle dir nun vor, wie du genau dasselbe noch mal machst, nur dass du dich jetzt fünfzig Zentimeter weiter nach hinten drehen kannst."

Sophia schaute kurz auf ihre Uhr, dann forderte sie Kyra auf: „So, jetzt öffne die Augen wieder, führe die gleiche Bewegung nochmals durch und sieh wie weit du kommst."

Kyra folgte Sophias Anweisungen und staunte nicht schlecht, als sie sich wesentlich weiter drehen konnte als beim ersten Mal.

„Du hast nur zehn Sekunden geübt," stellte Sophia fest und setzte sich wieder in Bewegung. „Und du hast erlebt, wie dein Geist, die Materie, deinen Körper verändert hat. Stell dir vor, du kannst das mit allem, was deinen Körper betrifft, tun. Das Einzige, das du dazu brauchst, ist eine Portion Disziplin."

Mit dem letzten Wort waren beide am Restaurant angekommen und entdeckten sofort den einladenden Biergarten, der dort angrenzte.

Ohne zu zögern steuerten sie einen Tisch an, der so stand, dass sie einen herrlichen Rundblick über die nahe gelegenen Bergrücken hatten. Kaum dass sie saßen, kam auch schon eine Kellnerin und fragte nach ihren Wünschen. Sie bestellten sich erst einmal eine Apfelschorle, um den Durst zu löschen und vertieften sich dann in die Speisekarte.

„So kann das nicht gehen," sagte Kyra leicht aufgebracht, „das wäre fast zu einfach."

„Was meinst du?", fragte Sophia. „Gibt es in der Speisekarte Spezialitäten, die ich nicht finden darf?"

Kyra lachte kurz auf. „Nein", sagte sie, „die meine ich nicht. Ich habe nur über das, was du gesagt hast, nachgedacht und denke, dass es viel zu einfach wäre, nur das Bewusstsein zu ändern."

„Ich kann verstehen, dass du so denkst", erwiderte Sophia, „aber ich sagte auch, eine leichte, schwere Aufgabe."

„Wieso?", wollte Kyra immer noch leicht gereizt wissen.

„Leicht", erklärte Sophia daraufhin lächelnd, „wie du schon sagtest, es ist *nur*, das Bewusstsein zu ändern. Schwer", sie nahm einen Schluck aus ihrem Glas, „ist die Disziplin, die damit verbunden ist." Die Kellnerin kam abermals, um ihre Bestellung aufzunehmen.

Sophia lehnte sich in ihrem Stuhl zurück und ließ ihren Blick schweifen. Der Waldrand verlief in einiger Entfernung wie ein dunkelgrünes schützendes Band. Die satten Wiesen mit den vielen Blumen davor und die reifenden Kornfelder dazwischen waren ein Augenschmaus. Einige Hochlandrinder grasten friedlich auf einer nahegelegenen Weide. Sie atmete tief ein und genoss alles, was um sie herum war.

„Schau", sagte sie auf einmal, „die Erde liebt uns sehr, sonst würde sie uns nicht eine solch herrliche Pracht bieten." Mit einer weit ausladenden Armbewegung zeigte sie um sich.

Kyras Gesicht hatte tiefe Denkerfalten, als sie Sophias Bewegung folgte. Sie seufzte.

„Wie geht das?", fragte sie erneut, „und wie hast du das in puncto Disziplin für dich hinbekommen?"

Die so Angesprochene überlegte kurz, um die richtigen Worte zu finden.

„Ich habe vieles ausprobiert," sagte sie schließlich, „und über weite Strecken war ich alles andere als konsequent. Aber ich erinnerte mich immer wieder daran, dass ich so aussehen wollte. Ich bekam einige Anleitungen von geistiger Seite und manchen Tritt auf die Füße. Sie ließen mich aber immer gewähren und machten mir keinen Druck."

„Was für Anleitungen waren das?", unterbrach sie Kyra. Sie hatte ihre Arme auf dem Tisch aufgestützt und ihr Gesicht in beide Hände gelegt. Erwartungsvoll und neugierig beugte sie sich Sophia entgegen.

„Es kamen einige Hinweise zu meiner Ernährung", sagte diese. „Vegetarisch lebte ich sowieso schon, aber die Vorschläge, die kamen, rundeten für mich alles ab. Sie sprachen sich nie gegen Fleisch aus. Doch auch ein Tier hat ein Bewusstsein und gibt sein Leben, wenn es darum gebeten wird, beziehungsweise wenn wir Menschen in Not sind, gerne an uns ab. Wenn du aber einen vitalen Körper willst, der jugendlich frisch sein soll, dann *muss* er eine Nahrung haben, die dementsprechend ist."

Kyra zog die Augenbrauen hoch. „Nur rohes Grünzeug?", fragte sie etwas pikiert. Ihre Begleiterin lachte laut auf.

„Natürlich nicht", sagte diese, „aber sehr viel davon und wenn es gekocht ist, dann mit noch sehr viel Biss."

Sie konnte sich fast nicht beruhigen, denn Kyras Gesicht wechselte von einer Grimasse zur anderen, bei der Vorstellung ihre Ernährung umzustellen.

„Die Pommes von Mc Ess dürfen es zu Beginn schon noch sein", prustete sie. „Irgendwann bekommen sie dir nicht mehr und du lässt von alleine die Finger davon."

Als hätte die Kellnerin gehört, um was es bei den beiden ging, kam sie just in dem Moment und brachte das Besteck und für beide einen großen Teller Salat. Sie nickte freundlich und ging mit den Worten, dass der Rest gleich käme.

Als Kyra Sophias zweiten Teller sah, atmete sie innerlich erleichtert auf. Es war zwar nur Gemüse darauf, aber es war gekocht.

Sophia sah Kyras Blick und erklärte: „Ich musste lernen, dass das, was in den Mund hineingeht, zwar wichtig ist, aber bei weitem nicht so gefährlich wie das, was aus ihm herausgeht. Also das, was von mir gesprochen wird. Vor dem Sprechen kommt das Denken, das wiederum deinem Bewusstsein entspringt und daraus kommen deine Worte und jetzt", sie griff nach ihrer Gabel, „guten Appetit."

Die weitere Mahlzeit verlief fast ohne Worte. Nur ab und zu äußerte sich die eine oder andere über den Geschmack ihres Gerichtes und jede war auf ihre Weise damit zufrieden. Als sie geendet hatten und die Kellnerin kam, um wieder abzuräumen, fragte Kyra erwartungsvoll: „Du magst doch Kaffee, Sophia, oder hat sich da etwas verändert?"

Sophias Augen lachten. „Ich liebe den Geschmack von gutem Kaffee immer noch, du doch auch, oder?"

Kyra nickte und bestellte zwei Portionen.

Eine ganze Weile verbrachten sie schweigsam miteinander und beobachteten ihre Umgebung. An einem der Nachbartische saß ein junges Paar, das sich offensichtlich nicht mehr viel zu sagen hatte. Auf der anderen Seite des Biergartens, etwas im Schatten gelegen, saß dagegen eines mittleren Alters, das sehr viel Verbindendes ausstrahlte und einer hielt stets die Hand des anderen. Es war schön, es mit anzusehen.

Der Kaffee wurde gebracht und erst nachdem einige Schlucke der heißen Flüssigkeit genossen waren, setzten die beiden Frauen ihr Gespräch fort.

Kyra, in ihrer Neugier, fragte: „Was bekamst du noch von deinen geistigen Freunden?"

Sophia setzte ihre Tasse ab und ihr Mund verzog sich zu einem erinnernden Lächeln.

„Einmal", so erklärte sie, „sagte Myra zu mir: *Das mächtigste Werkzeug das du hast, ist deine Vorstellungskraft. Aber aus Angst vor ihr, bist du fast wie gelähmt.* Außerdem sagte sie, und der Ton, in dem Myra sprach, kam schon dem eines Anpfiffs gleich. *Du wolltest in zehn Jahren jünger aussehen als jetzt. Warum zweifelst du? Dein Denken bestimmt dein Handeln.* Sie machte mir deutlich, dass ich dies alles bereits kenne. Außerdem folgerte Myra, und mir war überhaupt nicht wohl dabei, dass keine Lippenbekenntnisse gefragt seien, sondern Realitäten, mit denen ich mich auseinandersetzen müsse. Sie erinnerte mich eindringlich daran, dass es Zeit dazu wäre. Sie führte weiterhin aus, dass ich bereits wüsste, dass die Realität von jedem Einzelnen selbst gestaltet wird. – *Du erlaubst jedes Mal, dass etwas anderes, etwas Graues, dich in Besitz nimmt, wenn du nicht das erhältst, was du bestellt hast und du zu zweifeln beginnst,* sagte Myra noch. In einem Ton, der mir absolut nicht gefiel, erklärte sie mir dann: *Wenn du etwas wirklich willst, halte das Bild in dir aufrecht, sei davon überzeugt und wisse darum, dass es für dich da ist. Selbst, wenn es noch so futuristisch, noch so abgehoben, noch so spinnert ist und wenn es noch so unglaubwürdig erscheint. Auf der anderen Seite stellt es eine Realität dar, vergiss es nicht! Du legst ferner fest, was du wann und wie und wo erreichst. Deine Gefühle sind der Schlüssel zu allem. Wenn du kochst und eine Zutat behagt dir nicht besonders oder du verträgst sie nicht, dann lässt du sie einfach weg. Tauschst sie aus, so wie dir gerade danach ist. Das soll heißen, dass du nicht so stur dir gegenüber sein sollst. Lass dich von deinem Gefühl leiten, das weiß schon, wo es lang geht, und nicht von dem Unwissen deiner Gesellschaft.*"

„Das ist aber eine deutliche Sprache", warf Kyra ein.

„Obwohl Myra ein Geistwesen ist, war es nicht immer angenehm mit ihr zu sprechen, das kannst du mir glauben", bestätigte Sophia, „aber dennoch sehr liebevoll. Nur wenn ich mich zu unbeholfen anstellte oder partout nicht begreifen wollte, wurde es so klar und präzise, beziehungsweise unmissverständlich. Das lag bestimmt auch daran," ergänzte sie, „dass ich oft nicht nur eine Sache bearbeiten oder erledigt haben wollte."

„Und wie gehst du vor, wenn du mental arbeitest?" Kyras Neugierde wuchs immer mehr. Sie hatte in Sophia nicht nur eine Freundin gefunden, sondern auch eine Lehrerin, die sie nicht belehrte, sondern zeigte, wie man am besten lernt.

„Hast du noch so viel Zeit und willst es wirklich wissen?", lachte sie die Freundin an.

„Selbstverständlich, beides", lachte Kyra zurück, „alle Zeit der Welt."

„Wenn ich mit meinen mentalen Freunden spreche, lass' ich es einfach fließen, wie es sich ergibt, stelle unter Umständen meine Fragen und erhalte Antworten, die mir nicht immer gefallen", begann Sophia.

„Bei jeder mentalen Arbeit ist es für mich wichtig, einen lockeren Körper zu haben." Demonstrativ bewegte sie Schulten und Arme und dehnte auch den Nacken ein wenig.

„Dann brauche ich Ruhe um mich." Sie sah sich um und erkannte, dass sie fast alleine im Biergarten saßen und fuhr dann fort: „Eine wache Aufmerksamkeit und eine hohe Konzentrationsfähigkeit ist ebenfalls unerlässlich. Zu schnell schleichen sich Wesen ein, die man nicht will. Wenn du arbeitest, gib dem Körper und dem Geist etwas zu tun. Beginne mit kleinen Dingen. Es geht um mehr, als nur zu visualisieren. Du löst dich auf, dringst in das Objekt deines Wunsches ein, und du weißt darum, *dass es ist*. Du kannst damit auch deinen Körper beherrschen und ihn formen, er gehorcht dir schnell.

Setzt du deinen Geist ein, um Materie zu verändern. Wenn du dich nur bereichern willst, trifft es dich hart. Du kannst mit mentaler Arbeit deinen Kühlschrank füllen und die Dinge deines täglichen Lebens bestreiten, sogar Krankheiten auflösen. Es geht auch, wenn du dir etwas Größeres wünschst, doch sobald es um deine Bereicherung geht, trifft es dich so, dass es dich zerstören kann. Wenn du die Liebe an oberste Stelle stellst, dann lässt du dem göttlichen Willen die letzte Instanz, die letzte Entscheidung. Es wäre gut, wenn du es nicht alleine tust. Hast du noch jemanden dabei, wenigstens zu Beginn, ist es eine Art Kontrollinstanz. Das bedeutet auch, dass es einen Schutz für dich darstellt, bis du geübter darin bist, denn die dunkle Seite ist an guten Mitarbeitern immer interessiert.

Wenn du arbeitest, ist es wichtig, das Ego mit der Zeit beiseite zu stellen. Das ist für viele keine leichte Sache. Viel mehr als beim Visualisieren geht es bei meiner Arbeit um das Wissen „es ist vollbracht".

Vergiss nie dein Gefühl dabei. Mache dir ein Bild von allem, was du bearbeiten willst. Mache dir zum Beispiel zuerst ein Bild von deinem Körper", und Sophia betonte, „dem Körper einer Frau. Ein Bild wie in einem Bilderbuch. Wenn du schon etwas Neues konzipierst, dann entwirf auch gleich einen neuen Stil, sprich in Bildern mit deinem Unterbewusstsein. Selbst wenn du nicht zeichnen kannst, Strichmännchen gehen immer. Lass ein Bild entstehen, wie du zum Beispiel leichten Fußes dahingehst. Wenn du das Bild hast, beschreibe es – der Mensch lernt schnell, wenn er Bilder sieht. Er begreift, dass Bilder tief ins Unterbewusste gehen. In einem Bild und einer entsprechenden Farbe dazu öffnest du deine inneren Tore. Auch eine Vision kannst du in einem Bild zeichnen. Denke daran, Geist geht über Materie. Doch ohne Materie hat Geist kein Ausdrucksmedium. Gehe in deinen fertigen Körper, wenn du so willst, träume ihn. Träume es, tue es und *es ist*. Du darfst auch daran denken, dass dein Körper der Tempel Gottes ist."

Mir sagte man vor einiger Zeit: *Wie soll es gelingen, wenn du denkst dass es mit einem Mal tun schon erledigt ist? Die strenge Gedankenkontrolle ist wichtig. Nur so kann es gehen.* Also – nur Übung macht den Meister, es immer wieder tun.

Sophia griff nach ihrer Tasse und hing ihren Gedanken nach. Kyra beobachtete sie eine Weile, ehe sie sagte: „Du sprichst voller Liebe und Achtung von Myra und deinen anderen geistigen Freunden. Es berührt mich irgendwie sehr, denn sie sind ja nicht lebendig. Wen gibt es denn da noch?"

Sophia trank ihre Tasse leer und goss sie sich noch einmal voll.

„Was heißt nicht lebendig"?, wiederholte sie fragend. „Für mich sind Myra und die anderen so real wie du und auf eine besondere Art kann ich sie sogar anfassen". Sie nahm noch einen Schluck des heißen Kaffees. „Selbst Rico, ein anderes männliches Geistwesen, das oft mit Jeshua zugegen war, mag ich sehr. Er allerdings war und ist mitunter mehr als nur direkt. Einmal baten wir, Namid und ich, darum, dass es in unserer Entwicklung schneller gehen möge und wir fragten gleichzeitig, was wir dafür tun sollen und können. Was glaubst du, was er sagte?"

Kyra zuckte mit den Schultern.

„Mit seiner autoritären Stimme erklärte Rico:

Mir ist nicht bekannt, dass ihr bereits alles gemacht habt, was wir euch gesagt haben. Seit dem letzten

Gespräch hat sich zwar etwas bewegt, aber nicht sehr viel. Seid euch darüber im Klaren, wenn ihr jetzt um Beschleunigung bittet, dann wird es sich so anfühlen, als wäred ihr in einem Karussell mit Höchstgeschwindigkeit. Ihr schafft es immer noch, euch vor euch selbst zu verstecken und habt etliche Ausreden parat, um das eine oder andere nicht ansprechen zu müssen. Noch nicht mal zu denken seid ihr bereit. Ihr habt es doch so gewollt, dass es schneller geht, dass alles klarer wird. Solange ihr euch in Selbstmitleid verliert, kann euch nicht geholfen werden. Zu euren Emotionen, die euch weiterbringen, gehören auch eure Erwartungshaltungen. Diese sind sehr dürftig.

„Eigentlich wollte ich dann Jeshua bitten weiter-zusprechen, doch Rico meinte, dass das noch etwas Zeit habe, denn wir wollten klare Worte. Jeshua komme ein anderes Mal dann wieder etwas mehr zum Zuge. Er sagte weiter:

Ihr habt es bereits besprochen, tut es einfach. Bleibt in eurer Erwartungshaltung, dass alles, was euch begegnet, euch dient, damit ihr an das Ziel kommt, zu dem ihr wollt. Vielmehr braucht ihr nicht. Bleibt in dem Gefühl, in dem Bewusstsein und erwartet, dass alles was euch begegnet, euch genau dorthin bringt, euch hilft, dort anzukommen, wo ihr hin wollt, gleich wie es sich gestaltet. Überlegt euch gut, ob ihr wirklich um Beschleunigung bittet.

„Was war es denn, was man euch bereits gesagt hatte?", wollte Kyra wissen.

„Wenn wir in Resonanz mit etwas sind, wird es auch kommen. So wie vorhin im Wald mit dem Drehen deines Arms. Außerdem, alle Begrenzungen des Außen sind auch im Innen und dabei spielt es keine Rolle, was für Begrenzungen das sind. Alter, Geldmangel, Platzmangel, schlechte Arbeit, ganz egal was es ist, alles entstammt deinem Bewusstsein. Darin aufzuräumen ist schon ein Stück Arbeit, das kann ich dir sagen. Zu gerne halten wir dieses Alte längst Überholte fest. Rico, der sehr schwärmerisch veranlagt ist, jedoch auch sehr offen und direkt, erläuterte mir einmal, wie das mit dem Bewusstsein gemeint ist. Er erklärte recht ausführlich:

Wie du weißt, hat alles ein Bewusstsein. Dein eigenes erweiterst du, indem du das andere in dich aufnimmst, ihm den Raum gibst, den es braucht. Du musst mit ihm verschmelzen, eins werden. Ob das nun eine Ameise oder eine Schnecke ist, ein Geldschein oder ein Stück Plastik, alles Erschaffene hat ein eigenes Bewusstsein und wenn du deines ausdehnen willst, werde eins mit allem. Daraus folgt, wenn du so werden willst, wie Will, die Romanfigur aus „Die Prophezeiung von Celestine", der sich transformieren konnte, werde eins damit. Transformation kann nur geschehen, wenn du deinen persönlichen Ballast auf die Größe eines kleinen Etuis reduziert hast. Auch das ist kein schwieriges Unterfangen, werde eins damit. Wenn du leicht werden willst und transparent, identifiziere dich damit. Du kennst das Sprichwort:

Der Adler, der sich mit den Hühnern identifiziert, wird niemals fliegen.

Also – um weiterzukommen, sind Taten gefragt, keine Lippenbekenntnisse, erklärte Rico weiter. *Solange du dich nicht mit Trägheit identifizierst, mit ihr eins wirst, solange gibt es immer wieder ein Aufwärts in deinen Bewegungen. Wenn du das Feuer der Begeisterung brauchst, darfst du dich nicht mit deiner Trägheit identifizieren. Du infizierst dich sonst! Du* weißt, was passiert, wenn man sich infiziert: Man wird krank, der ganze Körper wird verseucht. Doch schlimmer als der Körper ist der infizierte Geist. Stündlich lässt du dich infizieren und merkst es nicht. Genau wie bei einem Schnupfen, nur, dass dieser Parasit tiefer sitzt. Du hast immer die Wahl und kannst alles von dir fernhalten, was deinen Geist mit Trägheit, mit Mangel, mit unnötigem Ballast infiziert. Du weißt schon lange, was auf der Weltbühne gespielt wird, warum hörst du es dir dann immer noch an? Du merkst dabei nicht, wie du infiziert wirst. Auch Sehnsucht und Hoffnung gehören zu den Parasiten, sie klingen nur schön. Hoffnung ist wichtig, wenn du verzweifelt bist und Sehnsucht ist umsonst, wenn du alles haben kannst. Warum willst du dich dann danach sehnen? In aller Bescheidenheit, glaube und vertraue, dass nur das Beste für dich da ist, in aller Demut nimm die Geschenke des Lebens an und lamentiere nicht herum, wenn du durch dein Fehlverhalten Parasiten in dich hineingelassen hast.

Heilung kannst du erlangen – jederzeit, wenn du bereit bist, keinen Parasiten mehr in dich hineinzulassen. Mit nichts, weder durch Worte, Gedanken noch durch Taten!

Es nützt dir auch nichts, dich darüber zu grämen, dass du in der Vergangenheit nicht Bescheid wusstest; es ist wie Wasser unter der Brücke schon lange vorbei! Auch dieses Grämen ist ein Parasit, weil du festhältst. Gestatte dir den Luxus eines friedvollen, eines licht- und liebevollen Lebens, werde eins damit! Und denke nicht darüber nach, dass du dann für niemanden mehr greifbar bist.

„Das war schon heftig", meinte Sophia weiter. „Wir haben Vieles versucht umzusetzen und dabei erkannt, in dem Maße, wie du die Liebe lebst, das Vertrauen und den Glauben, in dem Maße, wie du die Parasiten von dir fernhältst, wirst du im Gegenzug geachtet und geehrt werden. Man legt großen Wert auf dein Wort. Denn du sagst, *was* ist und *wie* es ist – und brauchst dich hinter nichts zu verstecken." Sophia nahm erst noch einmal einen großen Schluck Kaffee, ehe sie weitersprach.

„Wir hatten die Bücher von James Redfield über Celestine gelesen und arbeiteten damit", erläuterte sie. „Nur hin und wieder geriet das Wissen, das wir uns erarbeitet hatten, in Vergessenheit. Dann gab es ab und an einen geistigen Tritt auf die Zehen. Es hieß auch einmal, wenn ich neue Wege gehen wolle, dann müsse ich die alten, ausgetretenen Pfade unbedingt verlassen. Ich fragte mental nach, was denn neue Wege seien und Oczanteh, der sich mir als ein ehrwürdiger Herr mittleren Alters zeigte, meldete sich zu Wort. Zuerst kam ein kleiner Tadel, weil ich mal wieder zweifelte. Es ging nicht so, wie ich es in meinem Kopf sah. Dann bekam ich gesagt, dass neue Wege auch solche wären, sich morgens hinzusetzen, das Herz zu öffnen und ein Thema vorzugeben, um zu erhalten, was man brauchte. So einfach und so schwer. Das Wissen darum hatten wir schon lange. Wir waren in unserer Denkweise noch sehr konventionell. Wir dachten zwar schon groß und weit, aber es ging immer noch mehr.

Oczanteh meinte damals auch, wir seien zu bequem und zu faul, den eigenen Geist zu benutzen, um das zu tun, was wir gesagt bekamen. Ich wisse doch wie alles ginge, sagte er zu mir, das saß gründlich. Doch ich hatte Angst vor meiner eigen Kraft und Macht."

≈ ≈ ≈

Siebtes Kapitel

Was schulde ich mir?" Lorenz unterbrach die Stille und schaute Nath erwartungsvoll an. Dieser sah ihm einige Zeit stumm in die Augen, als würde er darin lesen, ehe er antwortete.

„Achtung", begann Nath langsam, „du vergisst dich zu oft. Sich wichtig zu nehmen, ist keine Sache der Finanzen. Sich zu achten, hat nichts mit einem dicken Portemonnaie zu tun. Du achtest deine Gefühle und deine Bedürfnisse nicht und gibst damit deinem alten Verhalten zu oft zu viel Raum. Die Existenz fordert nicht, sie gibt nur und genauso kannst du mit dir umgehen. Fordere nicht zu oft von dir, dass du andere verstehst und ihnen verzeihst. Verzeihe dir und verstehe zunächst dich selbst. Vergiss dich niemals.

Wenn du willst, dann verpflichte dich, über einen gewissen Zeitraum nur dir selbst treu zu sein, dir und deinen Gefühlen zu vertrauen und zu glauben. Sobald du bemerkst, dass du mit dir wieder zu hart umgehst, brich dein Tun ab und sei *für dich*, anstatt *gegen dich*. Auch für dich gilt, dass du Liebe nehmen kannst, soviel du für dich brauchst. Sie ist für dich, wie für jeden Menschen, in Hülle und Fülle vorhanden, immer und überall. Nach einer gewissen Zeit ziehe Bilanz und entscheide dann, wie du weiter vorgehen willst.

Du kannst dich dir gegenüber zum Beispiel verpflichten, dein Leben in vollen Zügen anzunehmen und es genießend zu leben. Du darfst es dir wert sein, die Annehmlichkeiten des Lebens für dich zu empfangen. Wenn du möchtest, dass andere für dich da sind, dann solltest du zuerst für dich da sein. Dann können es andere auch.

Verzeihe dir selbst immer wieder, dass du gehandelt und gefühlt hast, wie du es tatest. Es ist mehr als effektiv und räumt mit der Zeit dein Leben auf. Je klarer und bewusster du bist, desto einfacher geht es in deinem Leben.

Die Liebe ist klar, auch wenn die Menschen sie als sehr diffus hinstellen. Das sind nur Auswüchse des Egos. Keiner müsste im Namen der Liebe leiden. Es gibt auch keine Sünde, außer der einen, nicht du selbst zu sein.

Du hast manches schon erreicht, zum Beispiel mit dir in Harmonie zu sein. Jetzt darfst du noch annehmen, in Harmonie *zu bleiben*. Was du dir auch noch schuldest, ist Vertrauen in dich und in deine Gefühle. Und vergiss nicht, dass du nur dir und deinem Leben verpflichtet bist, dir und dem Gott in dir. Und in dem Maße, wie du dich achtest und liebst, stehen dir alle Türen zum Glück offen." Nath lauschte dem Gesang der Vögel, ehe er weitersprach.

„Das Leben in seiner unermesslichen Vielfalt zu achten, ist oberstes Gebot im Universum und du gehörst nun mal zu dieser Lebensvielfalt. Deshalb achte dich zu allererst selbst. Außerdem", er machte eine kurze Pause, damit Lorenz das Gehörte besser in sich aufnehmen konnte, „musst du dich entscheiden, was wirklich wichtig für dich ist. Wenn du großen Besitz anhäufst, musst du ihn verteidigen. Dein Ego wird hervorkommen, vielleicht sogar mit Recht – das kann ich nicht beurteilen – und möchte das von dir Erworbene festhalten. Um in deiner Sprache zu sprechen: Wenn du deinen Ferrari offen stehen lassen kannst und nicht darum trauerst, wenn er dir abhanden kommt, dann ist Besitz gut.

Wenn dir ein großes Haus gehört, musst du es verwalten, das heißt nicht, dass du in einer Hundehütte leben musst. Achte bei allem, was du dir wünschst, ob es wichtig ist, ob es dein Gefühl der Minderwertigkeit übertüncht oder ob es dir hilft, im Innen wie im Außen weiterzukommen. Letztendlich wird dein Herz entscheiden. Du kannst dich inmitten eines Naturparadieses glücklich und frei fühlen oder von materiellem Luxus umgeben. Du kannst dich aber auch in dem schönsten Paradies der Erde gefangen und unterdrückt fühlen. Du bestimmst!" Lorenz sah ihn mit großen Augen an. Für ihn war dies wieder einmal viel Neues.

„Du kannst mit dem Herzen hören lernen, genauso wie mit dem Herzen sehen", führte Nath weiter aus. „Deine Augen und deine Ohren können sich täuschen, dein Herz nicht. Über die Liebe wurde unendlich viel geschrieben und gesagt, doch wenn du sie nie erfahren hast, ist jedes noch so schöne Wort, jede noch so treffende Formulierung wertlos. Schaue dir deine Umgebung an, du bestimmst, wie schön sie ist. Kannst du die Schönheit des Augenblicks entdecken und erleben, immer wieder aufs Neue, dann lebst du. Dann definierst du auch, was Liebe ist.

Die Stille hat ihren Klang, genau wie der Lärm. Du bestimmst, ob dich die Stille nervös macht oder der Lärm ruhig, beides ist wertneutral – du bestimmst. Ich will damit nicht sagen, dass du den Großstadtlärm der Ruhe der Natur vorziehen sollst. Wenn du aber erfahren hast, was er mit dir macht und wie du auf die Ruhe reagierst, dann kannst du für dich entscheiden. Doch vergiss nicht, was für dich das Beste ist, ist für einen anderen noch lange nicht gut genug". Ein Schmunzeln ging über Naths Gesicht.

„Du trägst oft eine Sonnenbrille. Bedenke, du sparst das Licht aus, wenn du deine Augen in der Sonne nicht aufmachst. Du verweigerst dir und deinem ganzen Körper Informationen. Ich weiß, man bringt den Menschen etwas anderes bei. Wisse, dass deine Augen empfindsam reagieren, wenn du etwas nicht sehen willst.

Du hast es oft gelesen und gehört, dass Licht Information ist. Und da du immer bewusster wirst, bekommst du über das Licht, also über die Sonne, einen höheren Anteil Information. Aber du bist nicht der Einzige, der in irgendeiner Art und Weise das Licht aussperrt", seufzte Nath und Lorenz tat es ihm gleich.

Wie so oft, wenn Lorenz zu Besuch bei Namid war, war auch dieses Mal wieder Vieles dabei, was ihn traf. Er wollte Vieles in seinem Leben ändern, hatte aber oft Angst, irgendetwas zu beginnen. Manchmal hatte er auch nur Angst vor den Konsequenzen, denn die konnte er nicht abschätzen. Sophia, Namid, Nath oder Rico – jeder hatte ihm schon gesagt, dass er erst einmal eine Entscheidung treffen musste – und zwar für sich. *Entscheide dich für dich*, hieß es immer wieder. Wenn er fragte, wie, dann hieß es: *Erkenne an, dass du Gott-Mensch bist, und erkenne deine damit verbundenen Fähigkeiten und deine Macht an.* Ging er dann von hier weg, war ihm alles verständlich und klar und er war sich gewiss, jetzt habe er es kapiert. Doch kaum war er in der Firma oder zu Hause, ließ dieser Zustand wieder nach und die Angst wuchs, es niemals zu schaffen. Nath hatte seine Gedanken gelesen und sagte zu ihm:

„Wenn die Sonne hinter den Wolken verschwindet, hast du auch keine Angst, dass sie nie wiederkommt. Geht es dir einmal weniger gut, lasse nicht alles, was du dir erarbeitet hast, schlecht sein. Ein Kind bist du ab und zu. Die Sonne scheint auch, wenn es regnet oder stehst du dann vollkommen im Dunkeln? Im Dunkeln bist du nur dann, wenn es draußen Nacht ist. Ansonsten, weißt du ganz genau, dass die Sonne wiederkommt. Warum vertraust du nicht? Es wäre gut, wenn du deinem Wissen und deiner Weisheit vertrauen würdest. Auch du, junger Mann, besitzt Weisheit. Denn Weisheit hat nichts mit dem Alter zu tun." Naths Worte waren liebevoll, klar und treffend.

„Wer auf dem Hochseil tanzen will, muss vollkommenes Vertrauen haben," fuhr er fort. „Vollkommenes Vertrauen in sich und sein Können. Sonst lass' die Finger weg. Hast du jemals einen Hochseilartisten gesehen, der Angst hatte, auf dem Seil zu stehen? Er steht in hundert Metern Höhe, ohne Netz, und *weiß*, dass er darauf gehen kann. Er weiß auch, hat er nur eine Sekunde Angst, findet er sich auf der Erde wieder. Auf der Erde, im Himmel, das will heißen: Er ist tot. Du kannst jeden Bereich deines Lebens bewältigen – wenn du dir und deiner Führung vertraust, deiner göttlichen Abstammung. Dann weißt du, dass alles für dich optimal läuft. Wenn du nicht nur sagst, sondern weißt, *Gott und ich sind Eins*, dann bist du mit Gott in der Mehrheit. Wer kann dann gegen dich sein? Wer sollte dich dann besiegen?

Liebe dich dafür, dass du diese Einmaligkeit besitzt, achte dich dafür, dass du deinen Geist über die Materie setzen kannst. Du bist den Babyschuhen ja schon entwachsen und deine Kinderschuhe hast du auch schon ausgezogen. Immerhin, dann bist du jetzt in der Pubertät, dann kann es nur noch aufwärts gehen."

Lorenz musste herzlich lachen und Nath stimmte ein. „Irgendwann ist es allen einmal so ergangen, die dir hier begegnen", fügte Nath noch hinzu. „Gib dir die Zeit, die du brauchst. Gott gibt sie dir allemal."

Nath blickte in die Wipfel der Bäume und man sah ihm an, dass er sich in ein stummes Zwiegespräch vertieft hatte. Die Vögel nutzen ihrerseits die Ruhe, um ihr Lied erneut lauter erschallen zu lassen.

Auf ein geheimes Kommando hin schnupperten beide Männer zugleich in die Luft. Kaffeeduft strömte zu ihnen und gleich darauf stand Namid mit einem großen Tablett vor ihnen, vollgepackt mit Tassen, Kanne und einem Teller selbstgebackener Kekse.

„Entschuldigt bitte, dass ich euch so lange warten ließ, aber die Tomaten machten wieder ihre Späße und ich bin schon wieder darauf hereingefallen." Er stellte seine Köstlichkeiten auf dem kleinen Tisch ab und die beiden anderen halfen beim Verteilen.

„Ich gestehe", sagte Lorenz, nachdem er vorsichtig an dem noch heißen Getränk genippt hatte, „dass ich mit eurer Art der Gartenarbeit und Führung noch so meine Schwierigkeiten habe. Ich sehe zwar, dass alles prächtig gedeiht und ansatzweise kann ich es bei uns zu Hause auf dem Balkon nachvollziehen, aber so ganz verinnerlicht habe ich es noch nicht."

„Dabei ist das überhaupt nicht neu und auch nicht auf unserem Mist gewachsen", meinte Namid. Auch er schlürfte an seinem Kaffee. „Peter Caddy aus Findhorn in Schottland[2]", führte er aus, „hat uns mit seiner

Arbeit den Anstoß gegeben. Es gibt auch einige Bücher darüber. Wir haben nur ausprobiert und das eine oder andere hinzugefügt."

Namid erzählte von seinen Erfahrungen mit Pflanzen und Tiere im Gartenbau und wie Hathyra half, alles zu integrieren. Hathyra, so erklärte er, ist ein Energiewesen, das mit viel Hingabe sich um das Wohl der Pflanzen kümmert und Menschen die es wollen unterstützt.

Die Zeit verging wie im Fluge und Nath brach wieder auf. Er verabschiedete sich herzlich von Lorenz. Väterlich legte er einen Arm um dessen Schultern und lächelte: „Hadere nicht mit dir, sondern sieh immer wieder, was du bereits erreicht hast. Nicht jeder kann Namid, Sophia, mich oder gar Rico sehen, aber du kannst es. Liebe dich dafür, dass du schon so weit gegangen bist."

Namid begleitete Nath zur Tür und Lorenz machte es sich in seinem Sessel bequem. Er goss sich nochmals seine Kaffeetasse voll und lehnte sich zurück. Sein Blick verlor sich in den Wipfeln der Bäume über ihm und seine Gedanken gingen ihre eigenen Wege. Er bemerkte nicht, dass Namid zurückkam und sich zu ihm setzte.

„Was suchst du?" Seine Stimme war leise und behutsam, dennoch erschrak Lorenz. Er brauchte einen Moment, um sich zurechtzufinden. Wo er mit seinen Gedanken gewesen war, wusste er nicht zu sagen und trotzdem bedurfte es etwas Zeit, bis die Frage Namids ganz zu ihm durchgedrungen war.

„Was ich suche?", murmelte er vor sich hin und überlegte. „Meinen inneren Frieden und mich."

Es erschien Lorenz, als würde er die Antwort vom obersten Ast der Bäume aus geben. „Ich meditiere, mache Sport, arbeite an meinen Ängsten, löse Blockaden, wenn sie mir bewusst werden, und immer noch bin ich in mir unzufrieden, nerven mich die Auseinandersetzungen mit Sarah oder mit meinen Eltern." Lorenz ließ resigniert die Schultern hängen.

„Ich kann dich sehr gut verstehen", begann Namid vorsichtig und bedächtig. „Vielleicht erinnerst du dich, dass ich mit Sophia eine Zeit lang bei meiner Mutter wohnte. Es war eine sehr schwierige Zeit, denn ich musste leben, was ich gelernt hatte. Damals kam Rico nur auf mentalem Weg zu uns und Sophia diente als Medium. Wenn du möchtest und etwas Zeit hast, erzähle ich dir gerne von diesen Gesprächen."

Lorenz nickte und Namid goss beiden ein Glas Wasser ein, lehnte sich in seinem Gartensessel zurück und begann zu erzählen.

≈≈≈

[2] *Peter Caddy, GB (1917 – 1994)*
In einer Zeit der Arbeitslosigkeit von 1962 an begann Peter Caddy mit biologischer Gartenarbeit zu experimentieren, um die Nahrungs-versorgung seiner Familie zu ergänzen. Der Garten in der Nähe von Findhorn, Schottland, entwickelte sich so bemerkenswert, dass er schließlich nationale Aufmerksamkeit auf sich zog. Peter Caddy schrieb seinen Erfolg seinen spirituellen Praktiken zu, und um seine Familie und ihre Freundin Dorothy Maclean bildete sich eine Gemeinschaft (findhorn.org/deutsch/). Quelle: Wickipedia.org

Achtes Kapitel

Hast du auch mal etwas durchgesagt bekommen, wie du mit deinem Körper umgehen sollst?" Kyra hatte Feuer gefangen, sie wollte jetzt so viel wie möglich wissen und hernach selbst ausprobieren.

„Ja", sagte Sophia. „Von Myra bekam ich eine Anleitung für mentale Körperformarbeit und damit ging alles recht leicht."

„Hast du lange üben müssen," unterbrach sie Kyra.

„Nein", entgegnete ihr ihre Begleiterin. „Alles Mentale fiel mir von Anfang an sehr leicht."

„Was musstest du dabei tun?" Je länger Sophia redete, umso neugieriger wurde Kyra. Solche Informationen wollte sie sich auf keinen Fall entgehen lassen.

„Ich habe Verschiedenes ausprobiert", begann Sophia, nahm einen kleinen Schluck Kaffee und fuhr fort: „Am besten ist es, wenn du dir zuerst darüber klar wirst, was du wirklich willst. Das ist nicht immer einfach, denn in dir schlummern oftmals Saboteure, die du nicht kennst, die aber Beachtung verlangen und nach und nach ausgeräumt werden müssen. Es kann schwierig sein, diese Behinderungen loszuwerden. Mit Kontinuität schaffst du es jedoch immer, sie aufzulösen. Einige Dehnübungen vorweg beruhigen den Geist und lassen deinen Körper über einen längeren Zeitraum hinweg ruhig sitzen. Dann stellst du dir dabei vor, wie sich dein Körper langsam verändert. Dabei ist unbedingt dein Gefühl notwendig. Hole dir in deiner Vorstellung das Gefühl, das du erleben willst, wenn dein Körper so verändert ist, wie du es willst. Das Glücksgefühl, das du erfahren möchtest, ist außerordentlich wichtig. Es ist zudem wichtig, dieses Gefühl in deiner Vorstellung immer wieder zu erleben. Bei allem, was du tust: Dein Gefühl für deinen Körper ist dabei unendlich wichtig. Das Gefühl, das du haben willst, wenn die erwünschte Veränderung bereits eingetreten, bereits vollbracht ist! Übe täglich mindestens ein Mal. Nimm dir so viel Zeit, wie du brauchst, um ein sehr gutes Gefühl aufzubauen und dieses Gefühl zu halten. Rechne hierbei etwa mit zwanzig bis dreißig Minuten. Besser ist es, wenn du dich auf zwei bis drei mentale Übungen pro Tag steigerst.

Du kannst dich auch sportlich betätigen, nur nicht übertreiben, wir sind Frauen und dürfen Rundungen haben, vergiss das nicht. Das Allerwichtigste ist jedoch", sagte Sophia mit Nachdruck, „dass du erkennst, dass du in dir den Geist ewiger Jugend und Schönheit hast, der immerfort neue, schöne und junge Körperzellen produziert. Alles ist Geist, auch du. Jede Zelle des Körpers ist Geist, in ihrer obersten Konsequenz."

„Das klingt gut, das werde ich probieren." Kyra war begeistert. „Wollen wir weiter?", fragte sie ihre Freundin.

„Ja", sagte diese, „nach einem Gang zum Örtchen gerne". Danach bezahlten sie umgehend und setzten ihre Wanderung fort.

Kyra zeigte den Weg entlang nach rechts und sagte: „Wenn wir diesen Weg nehmen, kommt in etwa eineinhalb Stunden Fußweg ein süßes kleines Café, wo man ebenfalls draußen sitzen kann."

„Wir wollten doch eine Wandertour und keine Schlemmertour machen", scherzte Sophia, „aber von mir aus gerne."

Nach einiger Zeit des Gehens fragte Kyra: „Du und Namid, ihr liebt euch wohl sehr?"

„Ja", kam unmissverständlich zurück, „und es ist kein Verliebtsein, das sich bald wieder erschöpft, sondern tief empfundene Liebe, auf jeder Ebene unseres Seins."

„Das spürt man," kam anerkennend von Kyra. „Würdest du wieder heiraten?", fragte sie weiter.

„Ja", kam spontan von ihrer Begleiterin zurück. „Nur", fuhr diese dann fort, „auch wenn ich zehn Jahre jünger aussehe als Namid, im Bewusstsein sind es zwanzig Jahre Differenz und für das Bewusstsein sind das noch zu viele Jahre."

„Heißt das, dass er nicht will?" Kyra sah Sophia groß an.

„Weißt du", meinte diese, „wir sind Menschen, trotz all der tollen Eigenschaften. Am besten, du fragst ihn selbst. Es ist wie es ist und es ist gut so. Vielleicht ist es zur Zeit auch nicht relevant."

≈≈≈

Was anfänglich wie eine leichte Wegstrecke aussah, entpuppte sich mehr und mehr als eine beschwerliche Steigung. Kyra kam ordentlich ins Stöhnen. Auf einmal blieb sie stehen und sah ihre Weggefährtin, etwas außer Atem gekommen, fragend an: „Wieso geht es bei dir so leicht?"

Sophia blieb ebenfalls stehen. „Ich stelle mir vor, mein Körper ist aus Licht und der kann ganz leicht und ohne Anstrengung jede Strecke gehen, das ist alles."

„Eine Frage des Bewusstseins", murmelte Kyra und setzte sich langsam wieder in Bewegung. Nach einiger Zeit brummte sie verstimmt: „Das geht bei mir nicht."

„Was?", fragte Sophia überrascht.

„Na, das mit dem Körper aus Licht", entgegnete Kyra pampig.

Sophia lachte schon wieder. „Weißt du, wie viele Wochen und Monate ich brauchte, um mich allein an den Gedanken zu gewöhnen, dass mein Körper schwerelos werden kann, ohne dass ich schwebe? Oh liebste Kyra, Geduld meine Liebe, Geduld".

„Ha ha", grummelte diese.

Ermutigend klopfte Sophia Kyra auf die Schulter. „Ich gestehe", sagte sie weiter, „ich besaß auch nicht sonderlich viel davon. Außerdem musst du mit dem Lichtkörper auch Gottesbewusstsein verankern, sonst geht das nicht."

„Was heißt das schon wieder?" Kyra klang genervt. Sie waren beide erneut stehen geblieben und Sophia lauschte kurz dem Gesang der Vögel, ehe sie antwortete.

„Das heißt", begann sie langsam, „dass du dir bewusst machen musst, wer du wirklich bist. Nämlich Christus in Menschengestalt – ein Lichtbringer Gottes."

„Reichlich starker Tobak", gab Kyra gereizt zurück.

„Wenn du meinst", erwiderte Sophia daraufhin und setzte sich leichten Fußes in Bewegung.

Nach einiger Zeit blieb sie stehen und drehte sich nach ihrer Begleiterin um. Diese war ein gutes Stück zurückgefallen und man sah ihr an, dass sie grübelte.

Verständnisvoll sah ihr Sophia entgegen. Als sie nahe genug war, dass Kyra sie verstehen konnte, rief sie ihr zu: „Versuche es doch einmal mit einem Stab aus Licht, fünfzig Zoll lang. Entweder du hältst ihn in der Hand oder du stellst dir vor, eine Fünfzigzoll Lichtsäule sei in deinem Körper."

Damit drehte sie sich um und ging weiter. Sie wusste, dass ihre Freundin dies sofort ausprobieren würde.

Schon kurze Zeit später hatte Kyra zu ihr aufgeschlossen.

„Das geht gut", strahlte sie, „das funktioniert bei mir, besser als das andere."

„Das nennt man eine visuelle Krücke, wenn das Bewusstsein noch nicht ganz entfaltet ist, beziehungsweise damit es sich leichter entfalten lässt", lachte Sophia. Der Weg ebnete sich allmählich und die Wanderung wurde wieder etwas leichter.

„Was weißt du noch alles über das Bewusstsein und wie man es erweitert?" Kyra gab keine Ruhe, sie wollte alles wissen.

Sophia ließ ihren Blick durch die zahlreichen Bäume gleiten. Jeder Stamm hatte eine andere Farbe, jeder eine andere Maserung, jeder war ein Unikat und doch waren alle gleich. Ein leichter Wind spielte in den Zweigen und dieses Spiel schlug sie ganz in seinen Bann.

„Mein Bestreben war immer," begann sie aufs Neue, „grenzenloses Bewusstsein zu erlangen. Es faszinierte mich, als ich das erste Mal darüber las und ließ mich nicht mehr los. Es erschien mir lohnenswert und lebenswert, danach zu streben. Vielleicht erinnerst du dich an das, was Rico mir vermittelte: Alles hat ein

Bewusstsein und wenn ich grenzenlos werden will, muss ich lernen, mich mit allem zu verbinden, ohne zu vergessen, wer ich bin und, *dass* ich bin. Das war nicht so leicht." Sophia überlegte.

„Es war oft so", fuhr sie nach einer kurzen Pause fort, „dass ich das Gefühl hatte, nicht mehr ich selbst zu sein. Zudem war ich kritisch ohne Ende. Fast alles stellte ich in Frage oder bezweifelte, was von meiner geistigen Führung kam. Heute habe ich gut reden, das war nicht immer so. Aber ich konnte über mich selbst lachen und ich denke, das war das Beste."

Liebevoll besah sie sich im vorbeigehen einen Brombeerbusch, der am Wegesrand stand.

„Als ich das erste Mal mit einem Baum verschmolz, dachte ich, jetzt habe ich es gepackt, jetzt kann ich alles. Ha ha! Nichts konnte ich, denn das Verschmelzen, Einssein, ging nicht auf Befehl und mein Ego musste noch gestutzt werden."

„Wieso?", fragte Kyra dazwischen.

„Ich dachte, ich bin großartig, ich kann mit einem Baum eins werden, mit einem großen Stein gelang es mir auch noch und ich klopfte mir auf die Schultern. Mein Ich stand aber zu weit im Vordergrund und dachte, es macht das alles allein. Weit gefehlt."

„Aha," machte Kyra und drehte sich zu dem Busch um und für einen Moment hatte sie den Eindruck, als würde dieser nicken. Schnell drehte sie sich nach vorn und hörte Sophia weiter zu.

„Kannst du das näher erklären?", fragte sie rasch.

Wie auf ein geheimes Zeichen hin kramten beide gleichzeitig nach ihren Wasserflaschen. Erst nachdem ihr Durst gestillt und die Flaschen wieder verstaut waren, gab Sophia Antwort.

„Ich musste eine innere Demut den Dingen gegenüber einnehmen, mit denen ich verschmelzen wollte und sie bedingungslos lieben."

„Hm", war alles, was Kyra von sich gab und es klang, als stellte sie es sich sehr schwer vor, dorthin zu gelangen.

„Du hast recht, wenn du denkst, dass es nicht immer leicht ist. Ich tat mich zum Beispiel recht schwer damit, materiellen Reichtum bedingungslos für mich anzunehmen und diesen zu lieben."

„Wirklich", fragte Kyra ungläubig, „du hattest damit Probleme?"

„Ja", gab Sophia zu und deutete mit der Hand nach vorn und fragte ihrerseits: „Ist das dort das Café, von dem du gesprochen hast?"

„Ja, ja", rief Kyra erstaunt. „Ich bin überrascht, dass wir so schnell hier sind."

Sie sah auf ihre Armbanduhr. Gerade mal eine Stunde war seit dem Aufbruch aus dem Restaurant vergangen. Sie sah Sophia ungläubig an. Diese zuckte nur mit den Schultern.

„Der Lichtstab", lächelte sie.

„Hm", gab Kyra als Antwort und setzte sich in Bewegung.

Sophia nahm ihr Gespräch nach wenigen Schritten wieder auf.

„Jeder möchte gerne reich oder glücklich sein und wenn du welche fragst, ob sie gerne ohne große Anstrengung mehr verdienen würden, sagen die meisten ja. Andere können nicht glauben, dass so etwas geht, aber das ist ein anderes Thema.

Wenn du nun jenen, die Ja gesagt haben, viel Geld in die Hand gibst, ist es meist innerhalb kürzester Zeit wieder weg. Nur der Verstand oder das Ego haben Ja gesagt. Das Innen, war sich diesen Reichtum nicht wert, denn das Innere hat meist andere Glaubenssätze, wie zum Beispiel: *Geld ist schmutzig oder Für sein Geld muss man hart arbeiten.* Es gibt viele solcher Auffassungen. Dein Eigenwert entscheidet, der Wert, den du dir selbst gibst."

Kyra nickte zustimmend. „In den meisten Fällen", sagte sie, „ist es so, dass andere die Höhe deines Einkommens bestimmen. Die Arbeitskraft ist soundsoviel wert, mehr nicht."

„Genau. Das Gefühl entscheidet", bestätigte Sophia, „und das Bewusstsein. Denn Geld zum Beispiel ist genau wie die Margerite dort oder die Lerche oben in der Luft, eine Ausdrucksform der Existenz oder Gottes."

„Wie überwindet man denn all seine Ängste diesbezüglich?", wollte Kyra nun wissen.

„Um die Angst generell zu überwinden, mach es ganz einfach so wie jeder Anfänger: Setze dich hin und stelle es dir vor, wie du dich fühlen willst. Sei das Gefühl. Und wenn es dir hilft, bleibe so lange in dem Gefühl, wie du möchtest. Mittlerweile weißt du, dass es am besten ist, wenn du dich möglichst lange in dem Gefühl bewegen kannst. Sollte es nicht sofort da sein – bedenke, du übst noch. Du kannst so deine Angst überwinden, etwas zu erhalten. Es zeigen sich dabei unter Umständen auch deine Saboteure wieder. Du darfst dann für dich überprüfen, ob diese richtig sind oder nicht. Von Geburt an hat der Mensch das Recht auf Fülle und Wohlstand. Das ist leider nicht jedem klar und nicht jeder handelt danach. Springe zudem nicht hin und her und bearbeite nur eine Sache. Wenn du sie erreicht hast, kommt die nächste und so weiter und so weiter. Vergiss aber dein großes Ziel nicht, das heißt, wie bei den Anfängern: Du wählst den Apfel oder ein paar Scheine. Aber du willst vielleicht auch ein neues Heim, eine neue Fortbewegung – darin sollst du dich auch bewegen. Wenn du es schaffst, dich mehrere Male am Tag nur ein paar Minuten gefühlsmäßig darin zu bewegen, geht es sehr schnell. Vergiss dein Gefühl dabei nie."

„Ganz schön viel", stöhnte Kyra auf, „das da zu beachten ist."

Sophia lächelte verständnisvoll. „Wenn du einen Menschen liebst und dich an ihn erinnerst, bist du sofort in diesem Gefühl der Liebe und so kann es mit dem sein, was du dir wünschst. Erschaffe dir ein Gefühl der Liebe für dich. Alles ist dann ganz einfach."

„Und was ist, wenn ich mir größere Dinge aussuche oder gar mehrere auf einmal?" Kyra wollte immer mehr und mehr wissen, obwohl es ihr schon fast zu viel war, was ihr Sophia vermittelte.

„Wenn dem so ist, und du eventuell viel auf einmal willst," erwiderte ihr Sophia freundschaftlich, „dann schau dich um, ob das wirklich notwendig ist. Sagst du vielleicht, es ist alles notwendig, alles auf einmal, dann heißt es für dich: Bedingungslos zu werden. Ohne eine Sekunde Zögern, ohne eine Sekunde Zweifel, ohne ein Wenn und Aber, ein bedingungsloses *Es ist, weil ich es mir wert bin.*"

Sophia machte eine kleine Pause, um zu überlegen. Ihr Wissen war sehr groß, und allzu leicht überforderte sie ihr Gegenüber damit. Also hieß es gut abwägen, was sie Kyra noch alles mit auf den Weg geben konnte. Schließlich fuhr sie fort:

„Sei nicht böse, wenn dir etwas nicht sofort gelingt, sondern bedenke, dass du eine Zeit der Übung brauchst, auch um zu empfangen. Aber du kannst dich immer wieder daran erinnern, wie das Gefühl ist, das du dich hineinbegeben willst. Je öfter und je stärker du dieses Gefühl aufbaust, desto leichter kann sich alles manifestieren. Setze deinen Körper in Resonanz mit Glück, setze deinen Körper in Resonanz mit Erfolg – nicht nur deinen Geist, nicht nur dein Bewusstsein. Dein Körper hat sein eigenes Bewusstsein."

Kyra sah Sophia skeptisch an. „Der Körper ein eigenes Bewusstsein", wiederholte sie

„Ja", lachte diese auf, blieb stehen und sah Kyra an.

„Wie bewegt sich denn ein Körper, der Erfolg hat? Etwa so?" Schwerfällig und tief gebeugt lief Sophia einige Schritte hin und her. „Oder eher so?" Aufrecht und strahlend ging sie auf Kyra zu, dass diese lachte. „Wie bewegt sich ein Körper, der glücklich ist?", fragte sie weiter. „Du weißt es jetzt. Er geht leicht und beschwingt, er geht sicher und aufrecht. Das ist Körperbewusstsein. Also nimm alles mit, wenn du an deinen Ängsten arbeitest: den Geist, den Körper eben alles, damit alles Hand in Hand gehen kann. Du musst nicht daran glauben, du musst es *wissen*.

So wie du weißt, dass kleine Dinge geschehen, so kannst du auch wissen, dass große Dinge geschehen. Du weißt, wenn du einen bestimmten Menschen nicht magst und du nicht willst, dass er anruft oder mit dir weggeht, dann wird es auch nicht so sein. Das Gleiche geht auch, wenn du willst, dass ein ganz bestimmtes

Ereignis auf dich zukommt, dann tritt es auch ein, es kommt einfach."

Ein großer Vogel kam auf beide Frauen zugeflogen und unterbrach für einige Augenblicke das Gespräch. Ehrfürchtig blickten sie hinauf und erkannten eine Weihe, die auf Erkundungsflug war.

„Es warten im Moment viele darauf, dass du, wie einige andere auch, genau diesen Schritt vollziehst. Du wirst dadurch zum Vorbild und zum Wegbereiter, wenn du es für dich vollzogen hast."

„So wie ihr", unterbrach sie Kyra.

„Ja jetzt", lächelte Sophia. „Du musst nicht meinen, dass dies alles sofort bei Namid und mir geklappt hat. Unsere Angst war viel zu groß. Die Angst davor, dass wirklich alles kommt, dass uns die Existenz oder Gott wirklich so sehr liebt, dass wir alles erhalten, was wir uns wünschen."

Kinderstimmen drangen von fern an ihr Ohr und Sophia hörte auf zu reden.

≈≈≈

Neuntes Kapitel

Zuerst muss ich dir etwas über Rico erzählen",
begann Namid. „Sophia und ich saßen im Garten
und sie wollte mit dem Mond, der als eine silberweiße
Scheibe am Himmel stand, Kontakt aufnehmen. Das
gelang ihr nicht, stattdessen meldete Rico sich mental.
Er begann mit *Mon dieu, sie lässt sich wieder Zeit – ich
grüße dich, mein Freund. Wir haben uns lange nicht
gesprochen. Auf dem Mond bin ich nicht zu Hause und
dahin gehen, das könnt ihr ein anderes Mal tun.*

Er war verstimmt, da Sophia nicht sofort auf sein
Erscheinen reagiert hatte und ihn durch sie sprechen
lies. Er schwärmte immer von der Liebe und den
Frauen, benutzte stets klare Worte und war meist nicht
zimperlich mit uns. Zu jener Zeit hatten wir gerade
einen sehr warmen und intensiven Frühling", sagte
Namid und schenkte sich ein Glas Wasser ein.

„Trotz allen Wissens taten wir uns selbst leid. Mit
meiner Mutter gab es fast jede Woche sinnlose Diskus-
sionen über Themen, die für mich nicht relevant
waren, so zum Beispiel, wann ich mir endlich einen Job
suche und dass ich nur wer bin und von ihr
angenommen werde, wenn ich arbeite. Es gab von
ihrer Seite aus auch nur ganz selten etwas für mich
oder uns, denn in ihren Augen taten wir nichts und so
etwas Unnützes unterstützte sie nicht. Sie hat im
Gegenzug aber gerne und oft von uns genommen, egal
ob Nahrung oder Dienste.

Ich musste damals lernen, Liebe walten zu lassen,
wo Logik fehlte und versagte. Sie hielt nichts von mir,
ihrem Sohn, benutzte uns jedoch nach ihrem

Gutdünken. Wir hatten uns vorgenommen, nicht lange dort zu leben und die Zeit so zu nutzen, dass geschäftliche Aktivitäten anlaufen konnten. Mutter hatte alles unterbunden, mal auf direkte und mal auf indirekte Art. Sophia hatte es in dieser Zeit am schwersten. Sie war eine Frau, wie Mutter vielleicht gerne gewesen wäre, ließ sich nicht bevormunden und nirgendwo einordnen. Ich sagte zu Rico, ich käme mit all dem, was meine Mutter beträfe, nicht klar, besonders nicht mit den Giftpfeilen, die sie immer wieder auf uns abschoss. Er meinte nur, wir würden uns unnötig quälen und nicht genug Disziplin walten lassen. In seiner unverkennbaren Art sagte er durch Sophia:

Ihr quält euch mit Dingen, die zu nichts nütze sind. Hast du vergessen, ihr seid mit festen Absichten hierhergekommen und nun lasst ihr euch abhalten.

Gewiss, es erforderte Disziplin von uns. Nicht mehr, als wir die ganze Zeit schon hatten – aber auch nicht weniger. Er hatte uns genügend Material mitgegeben und mir ganz besonders.

Was ich mit der Liebe gemacht hätte, fragte er mich einmal. Es war Frühling und die Luft voll mit Liebe, mit Düften, die berauschend waren. Wie ein Champagner, ein guter, wohlgemerkt. Wir konnten über Felder streifen, durch Wälder gehen und alles hautnah erleben. Und was taten wir? Trübsinn blasen! Rico fragte mich sehr direkt, was ich mit meiner persönlichen Liebe gemacht hätte, meiner Liebe zu mir und zu meiner Frau? Ob ich mich hätte inspirieren lassen. Rico fühlte die schweren Schatten auf meiner Seele, auf meinem Herzen und ich wollte, dass er etwas zum Umgang mit meiner Mutter sagte und dazu, wie ich mit allem besser zurechtkäme.

Er entschuldigte sich sogar dafür, dass er fragte, ob ich damit umgehen müsse oder ob es nicht notwendig sei, mir treu zu bleiben. Er sagte mir immer wieder: *Liebe erst dich. Dann hast du eine Frau an deiner Seite, die zu allen Seiten Liebe verströmt. Und verzeihe, wenn ich es wiederhole, du bist mit festen Absichten hierher gekommen, was hast du dafür bisher getan?"*

„Nun", warf Lorenz ein, „das war ja auch keine leichte Zeit für euch. Da gerät das eine oder andere schon mal in den Hintergrund. Und die Liebe für sich gehört nach meiner Auffassung zu den schwersten Dingen des Lebens. Wir haben es auch nie gelernt uns selbst zu lieben."

„Du hast recht, Lorenz. Zu jener Zeit hatte ich Angst vor meinen Gefühlen. Die passten nach meiner damaligen Auffassung nicht zu einem modernen Menschen. Hm, was ist das schon, ein moderner Mensch? Er ist so etwas von hinter dem Mond daheim!"

Betreten trank Namid einen großen Schluck Wasser und nahm eines der Plätzchen.

„Ich versäumte so viel, als ich all das, was in mir steckte, zurückhielt. Es ist wie mit einem guten Tropfen Wein: Wenn du immer nur die Lippen an ihm lässt, kannst du ihn nicht erleben, wie er in dich eindringt, wie er durch dich dringt, wie er all deine Sinne erregt und anregt, all das Schöne wahrzunehmen.

Was meine Mutter betraf – genau besehen hatte ich mehrere Mütter. Sicher, es war die Eine, die es mir ermöglichte, hier auf diese Erdenwelt zu kommen. Es gab für mich eine Tagesmutter, eine Freundin meiner Mutter, sowie eine Nachbarin, bei der ich sehr oft war und so weiter. Ich hielt lange Zeit an meinem Schmerz, ihre Liebe nicht zu haben, fest und dachte nicht daran, dass sie morgen schon nicht mehr sein könnte.

Liebe sie und achte sie dafür, dass sie dir ermöglichte, dieses Wunderwerk Leben zu dieser Zeit zu durchwandern, sagte mir Rico damals auch.

Alle Menschen dürfen lernen, die Liebe zu leben, bedingungslos. Ich konnte meine Mutter nicht verändern, außer, wenn ich meinen Weg unbeirrt weiter ginge. Dann könnte sie sehen, was noch möglich wäre, wenn sie wollte. Jeder, der so voranschreitet, setzt Akzente, Meilensteine, auch wenn er es nicht sieht. Es ist so. In dem Moment, in dem man etwas für sich erkannt hat und es praktiziert, geht man neue Wege und ebnet dadurch die Wege für die, die nach einem, also auch nach dir kommen. Aber um die anderen geht es nie."

Gedankenverloren sah Namid in die Baumkrone. Der Wind bewegte sanft die Blätter und ließ hin und wieder die Sonne durchblitzen. Es war schon eine intensive Zeit die er hinter sich hatte. Er nahm einen großen Schluck Wasser und fuhr fort:

„Ich durfte lernen, meinen Raum zu erweitern, mich auszudehnen. Damals hatte ich nur Grenzen um mich, Grenzen vom Feinsten. Und meine Größe? Ich wollte zu meiner Mutter zurückkommen, um wieder gehen zu können und nicht um zu bleiben, das hatte ich ab und zu vergessen und es gab einen inneren Konflikt mit mir und ab und an auch mit Sophia, die es schneller erkannte als ich.

Das Thema Mutter war zu jener Zeit immens wichtig für mich, es überschattete und beeinflusste mein ganzes Leben stark. In dieser Zeit hatte ich zudem mehrmals Gedanken gehabt, dass meine Mutter gehen könnte, vielleicht sogar in einen Unfall verwickelt wäre. Tina, eine Freundin von uns, äußerte unabhängig davon ähnliche Gedanken. Ich wusste, dass meine Mutter gesundheitlich sehr angegriffen war und sie oft weit über ihre Grenzen ging. Sie bemühte sich zwar, ihr Leben angenehm zu gestalten, gleichzeitig quälte sie sich damit. Rico unterbrach einmal meine Gedanken, was er selten tat, mit den Worten: *Ihre Stunde hat sie selbst gewählt, dazu etwas zu sagen, liegt nicht in meiner Kompetenz. Doch deine Angst führt manches herbei, was nicht sein müsste. Und wenn du nicht hier leben willst, dann tue es nicht. Hole nicht herbei, was nicht wichtig ist. Sie braucht keinen Unfall und wenn sie doch einen braucht, dann kannst du das nicht verhindern. Sie bestimmt selbst und das weißt du ganz genau. Ich weiß*, sagte Rico, *dass dich das sehr traurig und sehr schwer macht.* Er meinte noch, *dass die Angst davor, dass es jederzeit geschehen könnte, mich am Weitergehen hindern würde*, womit er recht hatte. Dann sprach er geschickt ein anderes Thema an und fragte, was die Liebe machen würde und ob ich überhaupt keine Fragen zu dem Thema Liebe hätte. Danach war das Thema Mutter erledigt.

Namid lachte ein wenig: „Rico konnte so geschickt ein anderes Thema wählen und dir dennoch sagen, was du wissen *solltest* aber nicht unbedingt wissen *wolltest.* Es war zu jener Zeit für mich so, wie es dir heute geht – zu viele Informationen und doch zu wenig. Ich musste lernen, jeden so zu belassen wie er ist und, was das Härteste für mich war, jeden dort stehen zu lassen, wo er war. Glaub mir, bei meinen Eltern fiel mir das verdammt schwer. Auch bei Freunden hatte ich damit

Probleme. Ich hatte es vorhin bereits mit Nath besprochen. Jeder sollte an meiner veränderten Weltsicht teilhaben, jeder sollte die Dinge in dem gleichen Licht erkennen wie ich. Jedem sollte es genauso gut gehen wie mir. Dass sie es nicht wollten, verstand ich nicht. Es erschien mir so leicht und einfach, alles zu verändern, da sollten die, die ich liebte und die mich liebten, mit dabei sein. Doch sie wollten und konnten ihre Wege nicht verlassen und die Dinge so sehen wie ich." Namid griff zu seinem Glas und trank langsam und bedächtig.

Lorenz, der ihm die ganze Zeit aufmerksam zugehört hatte, fragte: „Warum wolltest du, dass dein Freund und deine Familie den selben Weg gehen wie du?"

Namid ließ sich etwas Zeit mit der Antwort: „Ich hatte unendliche Angst, alleine zu sein", gab er zu. „Von meiner Mutter bekam ich nicht die Liebe, die ich gerne gehabt hätte und ich rannte dieser fehlenden Liebe als erwachsener Mann hinterher. Bei meinem Freund war es nicht anders. Ich war der Ansicht, wenn ich ihn nicht überzeugen kann, dann bin ich allein und verlassen, nichts geht mehr bei mir, keiner sagt mir, was ich tun kann und und und. Dass Sophia da war, und noch viele andere, zählte nicht. Ich dachte, dass die Liebe dieser Menschen lebensnotwendig sei und wenn ich die verlöre, hätte ich überhaupt niemanden mehr. Ich wäre dann mutterseelenallein. Es war wie eine Vernichtungsangst."

„Und wie sieht dein Verhältnis zu deiner Mutter und deinem Freund heute aus?", wollte Lorenz, berührt von allem, was er zu hören bekam, wissen.

„Na ja", meinte Namid, „zu meiner Mutter habe ich ein Verhältnis, das man als Nähe mit Distanz bezeichnen könnte. Mehr geht nicht. Früher war ich nur auf Distanz zu ihr und ließ überhaupt keine Nähe zu. Und den Freund gibt es in meinem Leben schon längere Zeit nicht mehr. Bei ihm musste ich schmerzlich erkennen, dass er mich, wie andere vor mir, benutzte, um seine Minderwertigkeit zu übertünchen, sein Mutterthema auszuleben und sein Vater- und Mannproblem zu kaschieren."

„Hast du eigentlich noch einen Vater? Von dem erzählst du nie etwas."

Namid sah Lorenz überrascht an.

„Ja", sagte er verwundert. „Mit ihm habe ich mittlerweile eine herzliche Verbindung."

„Mittlerweile?", wiederholte Lorenz.

Immer noch etwas verwundert fragte Namid: „Habe ich wirklich nie von ihm erzählt?"

Sein Gegenüber schüttelte den Kopf.

Namid holte irritiert tief Luft, dann begann er: „Bei ihm war es nicht viel anders als bei den anderen beiden. Auch er sollte mitgehen. Meine Eltern sind geschieden und ich war ihm sehr lange böse deshalb."

„Hat er deine Mutter verlassen?", fragte Lorenz.

„Nein, meine Mutter stellt es zwar ab und zu so dar, aber sie war es, die ihn aus dem Haus haben wollte." Er seufzte. „Auch diese Erkenntnis war mehr als nur schmerzhaft. Mein Vater hat meine Mutter sehr geliebt und sie konnte diese Liebe niemals annehmen. Auch von keinem Mann danach. Ich sah das lange Zeit komplett anders und machte meinen Vater für sehr Vieles verantwortlich. Und da wären wir bei einem anderen Thema von mir, die Verantwortung als Mann und Liebe anzunehmen. Wie mein Vater wollte ich nie werden. Er vergrub sich irgendwann in seine Arbeit und ich sah ihn über lange Zeit nur am Wochenende.

Aus Liebe zu uns Kindern und zu meiner Mutter ließ er Vieles mit sich machen, was fast schon erniedrigend war. Und ich stufte ihn als Weichei ein, als Versager, der sich nicht durchsetzen konnte. Erst als ich mich mit ihm und mit dem Thema Mannsein auseinandersetzte, erkannte ich, welche Stärke er besaß. Als ich einmal bei ihm war, erzählte er mir zum Beispiel, dass er alleine durch die Wüste gelaufen ist. Das hat mich umgehauen. Ich kam zu Sophia zurück und habe nur geweint. Ich war in dem Moment mächtig stolz auf ihn. Er besitzt sehr viel Feingefühl und hatte Angst, es zu zeigen, beziehungsweise zu leben, genau wie ich. Durch meine Mutter hatte er deswegen oft verbale Prügel bezogen." Namid sah in sein Glas.

„Ich verachtete ihn deshalb sehr." Seine Stimme wurde leiser und weicher. „Aber nicht nur ihn verachtete ich, sondern auch mich selbst. Mich als Mann. Genau wie den ehemaligen Freund. Der wich ins Schwulsein aus. Damit hatte ich nichts am Hut. Ich suchte mir Frauen, die genauso hart und unnahbar für Gefühle waren wie meine Mutter. Dadurch bekam ich die Legitimation, meine Gefühle hinter meterdicken Mauern zu verstecken. Gottlob störte es Sophia nie, sie marschierte geradewegs zu diesen versteckten Gefühlen durch und hauchte mir wieder Leben ein. Ja", er trank sein Glas leer, „es war kein leichter Weg für mich zu erkennen, dass ich sehr feinfühlig bin, genau wie mein Vater, und dass ich es ausleben durfte, ja musste, wenn ich mit Sophia zusammen sein wollte. Und das wollte ich, mehr als alles andere in meinem Leben".

Namid stand auf. „Trinkst du noch einen Getreidekaffee mit?", fragte er.

Lorenz nickte. Er war sehr berührt von dem, was Namid ihm erzählt hatte. Die Pause, die jetzt eintrat, kam ihm daher sehr recht. So vertraut hatten sie sich noch nie unterhalten.

≈≈≈

Zehntes Kapitel

Die beiden Freundinnen hatten das Café bald erreicht. Das Haus war nicht übermäßig groß, lag eingerahmt von einigen großen Buchen und Eichen am Fuße einer dicht bewaldeten Erhebung und besaß einen sehr einladenden, großzügigen Garten, in dem viele kleine Tische nett eingedeckt waren. Mit freundlichen Tischdecken und frischen Feldblumen hübsch geschmückt, luden sie ein, sich wohlzufühlen.

„Ist das schön hier!", rief Sophia freudig aus.

„So ist das hier immer", gab Kyra zurück.

Die Kinderstimmen kamen von einem Spielplatz, der unter den großen, schattigen Bäumen lag.

Bevor sich die beiden Frauen einen Tisch suchten, gingen sie ins Innere des Cafés, um sich am Kuchenbuffet etwas Leckeres auszusuchen. Die Auswahl war groß, alles sah verlockend aus und die Wahl gestaltete sich schwierig. Schließlich entschied sich Sophia für ein Stück Beerentorte und Kyra für eine Apfeltorte mit Sahne. Zwei der Kinder stürmten herein und wurden am Eisstand bedient. Ein kleineres, etwa zweieinhalbjähriges Kind trottete hinterher und quengelte. Die Größeren ließen es abwechselnd schlecken und es war zufrieden. Irgendwann entdeckte es die beiden Frauen, lächelte kurz und war verschwunden.

„Sind sie nicht wunderbar, die Kinder?", schwärmte Sophia. „Wenn sie doch alle in natürlicher Umgebung aufwachsen könnten", seufzte sie.

Die Frauen gingen nach draußen und suchten sich einen Tisch.

Kaum hatten sie Platz genommen, kamen auch schon der ausgesuchte Kuchen und der Kaffee dazu. Sophias Augen wurden groß, als sie die Stücke auf den Tellern sah. Genüsslich probierte sie ein wenig und war begeistert. Dann tauschten sie ein Versuchsstückchen untereinander aus und jede war mit dem Probierstück der anderen mehr als nur zufrieden.

„Eine gute Wahl, dieses Café", bemerkte Sophia mit halbvollem Mund, „das muss ich mir für spätere Touren merken."

Während sie sich den Kuchen schmecken ließen, beobachteten sie das Kleine, das ihnen bereits zuvor im Innern des Cafés begegnet war, wie es von seiner Mutter an die Hand genommen und auf einen Stuhl gesetzt wurde. Sie zeigte dem Kind, wie man ein Eis am besten aufisst, ohne sich überall zu bekleckern. Beide mussten schmunzeln.

„Genau so geht unser Leben mit uns um", meinte Sophia sinnierend. „Es nimmt uns an die Hand und zeigt uns, wie es geht. Genauso wie die Mutter da drüben es ihrem Kind zeigt."

„Meinst du?" Kyra schaute ihre Begleiterin an, die ihr so vertraut war wie ihre Schwester, vielleicht sogar mehr noch als diese.

Sophia nickte nur, denn ihr Mund war zu voll für eine Antwort. Das Spiel der Kinder nahm für eine geraume Weile ihre und Kyras ganze Aufmerksamkeit in Anspruch. Sie ließen es geschehen. So hatte jede auch die Zeit, die vergangenen Stunden Revue passieren zu lassen.

„Je bewusster du wirst, desto freier wirst du", begann Sophia, als es ruhiger wurde. „Nur – das ist nicht immer so einfach", fügte sie nachdenklich hinzu.

„Ich würde gerne weiterlaufen, sonst habe ich keine Lust mehr", unterbrach Kyra sie.

Sophia war einverstanden. Alsbald wurde die Rechnung bezahlt und sie machten sich wieder auf den Weg. Beim Gehen bemerkten sie noch, dass die Kinder nicht mehr da waren und das Lied der Waldvögel somit um einiges deutlicher zu hören war.

Sie waren schon einige Zeit unterwegs, als Kyra die Stille mit einer Frage an Sophia unterbrach.

„Du hast heute Früh von Ausbildung gesprochen, die für dich begann, nachdem Namid als Energiewesen bei dir im Wohnzimmer stand. Du hast auch über die Liebesenergie gesprochen, die du für dich in deinem Körper verankern musstest. Gab es da noch etwas, das du lernen musstest?"

„Und ob!" Sophia lachte auf. „Eine Kleinigkeit hieß *Vertrauen in Gott*, eine andere, *Gott und ich bin Eins*. Dann war da noch das Thema Liebe leben, meine persönliche Macht annehmen und alles, was damit verbunden ist. Und bestimmt noch manches, das mir im Moment nicht einfällt."

„Das nennst du Kleinigkeit?", gab Kyra mit erhobener Stimme zurück.

Sophia lachte weiter.

„Ja", sagte sie, „und meist waren alle Themen gleichzeitig dran."

Dann wurde ihre Stimme wieder etwas ruhiger und sie fügte hinzu: „Damals war mir allerdings nicht immer zum Lachen zumute."

„Das kann ich mir vorstellen – bei den Themen. Wie bist du das alles angegangen?" Kyra war wieder sehr neugierig.

„Indem mir mein Leben Thema um Thema vorsetzte,

bis ich begriff, dass ich meine Angst vor *mir* festhielt und diese los-lassen musste."

„Vor dir?", kam es fragend wie ein Echo zurück.

Sophias Worte waren nun langsam und bedächtig.

„Zu allem Mystischen und Mentalen hatte ich schon immer einen leichten Zugang. Nie musste ich dafür viel lernen. Gleich zu Beginn meiner Experimente kam ich mit uralten Teilen meines Selbst in Berührung und diese waren sehr mächtig. Zu jener Zeit war ich recht unerfahren im Umgang mit der geistigen Ebene. Ich wurde mit einer Hexe, so nannte sie sich selbst, bekannt. Sie erzählte aber nicht mehr, als ich bereits aus Büchern kannte. Außerdem stand bei ihr das Thema Geld sehr stark im Vordergrund. Ich brauchte zu jener Zeit zwar auch Geld, aber ständig nur dieses Thema, das war mir zuviel und stieß mich ab. Also hieß es – Eigenarbeit, selbst tun. Wie oft ich damit aufhören wollte, weiß ich nicht mehr. Heilfroh bin ich, dass ich meist jemanden in meiner Umgebung hatte, mit dem ich annähernd darüber reden konnte. Nicht jeder ist der Magie gegenüber aufgeschlossen."

Kyra stimmte dem zu. „Das habe ich auch schon erfahren", bestätigte sie.

Ihre Schritte hatten sich verlangsamt, bis sie schließlich ganz stehen blieben.

Die Aussicht, die sich ihnen bot, lud einfach zum Verweilen ein. Ein grünes Tal lag malerisch schön zwischen zwei Hügelketten und lud zum Bewundern ein. Das Spiel der Sonne mit den Bäumen und Sträuchern, den Gräsern und dem Wind, mit Licht und Schatten, verlangte einfach, dass es beachtet wurde. Sie zollten der Natur in vollkommener Stille ihren Respekt. Als sie sich wieder in Bewegung setzten, begann Sophia erneut zu sprechen:

„Ich hatte meine Erfolge mit der Magie. Was mich jedoch störte, war die Tatsache, dass ich ganz viele Dinge auswendig lernen und ebenso viele Regeln befolgen musste. Dazu hatte ich keine Lust und ich ließ es wieder sein. Ich wollte nicht einsehen, dass diese ganzen Praktiken an ganz bestimmten Tagen wirkten und an anderen nicht. Meinen Geist schulte ich in dieser Zeit sehr, da ich dabei ja sehr stark mit der Vorstellung arbeiten musste. Ich dachte, nein", sie schüttelte kräftig den Kopf, „ich *wusste* instinktiv, es gibt einen anderen, einen leichteren Weg."

Nach einer kurzen Überlegung sagte sie weiter: „Meiner Macht bin ich bei Rückführungen und als Hypnosemedium begegnet. Es begleitete mich dabei stets eine große Portion Skepsis, denn ich erlebte Dinge, die eher in einen Science-Fiction-Film gepasst hätten."

„Du auch?", unterbrach Kyra sie ganz überrascht, „und bei manchem Erlebten erfuhr ich anschließend auf Umwegen, dass es Teilen eingeborener Mythologien entsprach. Verrückt."

„So ging es mir auch", pflichtete ihr Sophia bei. „Meine Eigenheit, den Dingen auf den Grund zu gehen, brachte auch so manches zum Vorschein."

„Was war das?", kam prompt.

„Zum Beispiel die falsche Moral unserer Kirchenführer, der doppelte Boden der Macht unserer Politiker. Am meisten hatte ich Probleme damit, dass der Mensch seit unendlich langer Zeit von sich, seinen Fähigkeiten und seiner Göttlichkeit ferngehalten wurde. Weißt du, Kyra", sagte Sophia nachdenklich, „es wurde systematisch vorgegangen und von langer Hand vorbereitet, von einigen Wenigen, die um die Gesetzmäßigkeiten des menschlichen Lebens wussten.

Wie Schafe, die man züchtet, damit man sie dann zur Schlachtbank führen kann, so wurden Menschen gehalten." Ihre Augen bekamen einen glasigen Ausdruck, als sie weitersprach.

„Aus einer stolzen, intelligenten Rasse wurden Zuchttiere, die man über ihre Triebe und ihre niederen Instinkte ganz leicht beherrschen konnte und immer noch kann. Ich brauchte einige Zeit, um diese Erkenntnisse zu verarbeiten, gehörte ich doch auch dazu. Es traf mich auch, dass die Seite, die so sehr gegen das Töten ist, rücksichtslos gegen jegliches Leben vorgeht, wenn es den eigenen Interessen dient. Ein Menschenleben zählt bei denen ebenso wenig wie das einer Pflanze."

Kyra hatte aufmerksam zugehört und sah sie skeptisch von der Seite an. Sophia sah es und zuckt nur mit den Schultern.

„Es war mein Erfahrungsprozess, weil ich sehr neugierig bin. Wenn wir wieder zurück sind, kann ich dir eine Liste mit Informationsträgern geben, wenn du willst. Auf der anderen Seite brauchst du nur aufmerksam die Nachrichten und die Politik zu verfolgen und auch den Randnotizen in der Zeitung oder Ähnlichem Beachtung zu schenken, dann hast du mehr als genug zum nachgrübeln. Jeder muss aber diese Erfahrung selbst machen, sonst glaubt er es nicht. Mir ging es nicht anders."

≈≈≈

Es trat eine Pause ein, in der jede ihren eigenen Gedanken nachging. Der Weg, den sie gingen, führte über eine lange Strecke eben über einen Bergkamm und ging allmählich bergab.

„Lange Zeit, bevor Namid auftauchte", sprach Sophia weiter, „lebte ich allein. Heute bin ich froh darüber. So wurde ich nicht abgelenkt und konnte meine Erfahrungen sammeln. Mit ihm erfuhr dann alles eine Beschleunigung. Manche Erfahrungen mussten im Turbogang gemacht werden. Meist hingen diese Erfahrungen mit dem Thema Liebe zusammen. Mir, beziehungsweise uns, wurde auf den Zahn gefühlt, wie es so schön heißt, ob wir uns würdig dazu fühlten."

Nach einer erneuten Pause fuhr sie fort: „Egal, was andere in jener Zeit dachten, und es waren sehr harte Zeiten dabei, ich würde alles wieder tun. Alles!"

Wie zur Bestätigung schrie ein Rabe zu ihrer Linken. Unwillkürlich drehten sich ihrer beider Köpfe zur Seite des Vogels. Sehen konnten sie abermals nichts, sie hörten nur, wie sich der große Vogel mit kräftigen Flügelschlägen entfernte.

„Ging es dir auch schon so, dass dir unsere Sprache fremd und ungenau vorkam?", fragte Kyra nach einer Weile.

Sophia nickte und meinte: „Ja, überhaupt nach einer Sitzung mit meinen geistigen Freunden."

Kyra atmete erleichtert auf. „Weißt du", begann sie zögerlich, „manchmal ist in mir so viel mehr und ich kann es einfach nicht in Worte fassen. Ich denke ein Wort in Farbe und Tönen und auch ganze Sätze, dann erst ist die Sprache komplett. Nur wie soll ich das meinem Gegenüber vermitteln?" Sie hielt kurz inne. „Gott sei Dank", meinte sie schließlich, „ist es nicht sehr oft."

„Das kann ich wirklich gut nachvollziehen", sagte Sophia.

Schweigend und mit gemächlichem Schritt gingen sie ihren Weg weiter. Immer wieder atmeten sie tief ein und aus, um die angenehme Waldluft und die wunderbare Energie, die dort herrschte, in sich aufzunehmen. Jede ging so ihren eigenen Gedanken nach. Mal blieben beide stehen, um den Ausblick zu genießen, der sich ihnen bot und mal verweilte nur eine, um einem Vogel zu lauschen oder eine Pflanze zu bewundern.

„Heißt das, dass du dein Aussehen *nur* mit deinem veränderten Bewusstsein verändert hast?", fragte Kyra und unterbrach das Schweigen.

Sophia musste erst etwas überlegen, so sehr war sie in ihr Gehen versunken, bevor sie antworten konnte.

„Ja", sagte sie schließlich.

„Zuerst hatte ich theoretisches Wissen und kleine, aber beachtliche Erfolge. Dann verinnerlichte ich dieses Wissen immer mehr und es wurde ein Teil von mir. Jetzt lebe ich es. Myra gab mir oft die Anleitung dazu und ich musste es nur tun. Nur", sie unterbrach sich, um ihren Worten etwas mehr Nachdruck zu verleihen, „das Tun machte mir Probleme. Die absolute Geisteshygiene war für mich nicht so einfach." Sophia lachte leise auf. „Zur Unterstützung", sagte sie mit lachender Stimme, „habe ich mir Zettel an die Wand gehängt, mein Ziel gemalt und mein Wasser programmiert."

„Wie geht das denn?", fragte Kyra erstaunt, „Wasser programmieren?"

„Indem du zum Beispiel schlank oder gesund oder etwas anderes wie Liebe, Jugend, Gott oder oder auf einen Zettel schreibst und ihn unter dein Trink- und Kochwasser legst. Aber es war nur eine Krücke", sagte Sophia. „Solange ich nicht *wusste,* aus mir selbst heraus, dass ich schlank, gesund, jung und göttlich bin, geschah nichts. Dann aber, als der Groschen endlich gefallen war, ging es Schlag auf Schlag."

„Hmm", war Kyras nachdenkliche Reaktion.

Der Tag war schon sehr intensiv. Das war er zwar fast immer, wenn sie mit Sophia unterwegs war, aber dieses Mal war es wieder besonders so.

„Ich bin aber nicht nur im Außen so. Mein Körper, mit allen seinen Funktionen, ist auf diesem Lebensniveau. Was mir half", führte Sophia weiter aus, „war die Auseinandersetzung mit dem Satz: *Jede Materie ist verdichteter Geist.* Ich machte daraus, *Ich bin verdichteter Geist, Gott in manifester Form.* Der Prozess zog sich über Wochen hin. Oft merkte ich, wie ich mich dem Kern der Aussage näherte und sofort wieder Abstand nahm. Mal war ich stolz auf mich, mal wütend und entsetzt, über so viel Dummheit und mal musste ich über meine Bequemlichkeit einfach nur lachen. Erst als ich *bedingungslos* akzeptierte," sie erhob dabei ihre Stimme, *„ich bin Geist, der frei in der Materie wohnt,* ging es leicht. Erst als mein Gefühl und das Bewusstsein aller meiner Atome erkannt hatten, ich bin *alles*, was in meinem Bewusstsein Raum hat, konnte ich ohne Probleme all das lassen, was ich sowieso nicht wollte."

Bewundernd schaute Kyra sie an. „Hast du noch Freunde in deinem eigentlichen Alter?", wollte sie nach einigem Überlegen wissen.

Sophia schüttelte lächelnd den Kopf. „Nein", sagte sie, „die habe ich bereits zuvor schon hinter mir gelassen. So alt wie die zum Teil waren, wollte ich nie werden. Unsere Freunde sind meist in Namids Alter oder haben einiges mehr an Jahren und Jahrzehnten auf dem Buckel als ich."

„Du scheinst darüber aber nicht traurig zu sein", meinte Kyra scherzend.

„Da hast du recht", gab Sophia ebenso scherzend zurück. Dann wurden beide plötzlich ganz still und blieben stehen.

Um sie herum begann ein Vogelgezwitscher, wie sie es selten zu hören bekamen und hinter einer Bergkuppe zu ihrer Linken versank ganz allmählich die Sonne. Mit glänzenden Augen sahen sich beide an.

„Das ist die Liebe des Lebens", flüsterte Sophia und Kyra nickte ihr zu.

„Die Liebe der Mutter Erde, die sie ihren Kindern, den Menschen entgegenbringt", flüsterte diese ebenfalls.

Nach einer Weile nickten sich beide zu und gingen schweigend ihren Weg weiter. Dem Gesang der Waldvögel, der sie begleitete, lauschten sie mit wachem Ohr, offenem Herzen, mit Hingabe und Andacht.

Nachdem sie zum wiederholten Male eine Weg-biegung hinter sich gebracht hatten, hinter der sie den Parkplatz vermuteten, schaute Sophia ihre Freundin fragend an.

„Was meinst du, brauchen wir noch lange?"

Kyra schüttelte den Kopf. „Höchstens noch fünf oder zehn Minuten."

Und so war es dann auch. Ganz unvermittelt war der Wald zu Ende und sie traten zwischen den Bäumen hinaus aufs freie Feld, gerade rechtzeitig, um zum zweiten Mal dem Sonnenuntergang beizuwohnen. Die Sonne färbte sich orangerot und der Himmel zeigte ein Farbenspiel, wie es ein Maler nie hätte besser vollbringen können. Im Hintergrund sangen noch immer die Vögel des Waldes und nun gesellten sich die des Feldes noch hinzu. Beide Frauen waren überwältigt von der Schönheit und Grandiosität des Augenblicks. Lange standen sie noch beieinander, um alles aufzunehmen, selbst als die Sonne bereits hinter dem Horizont verschwunden war.

Kyra unterbrach die andächtige Stimmung.

„Du hast jetzt alles erreicht, was du erreichen wolltest", sagte sie an Sophia gewandt, „gibt es da überhaupt noch etwas, nach dem du strebst?"

Sophia ließ sich Zeit, ehe sie antwortete.

„Weißt du", begann sie nachdenklich, „wenn du nur auf das Außen schaust, bleibt dir das Wesentliche verschlossen. Im Außen sieht es vielleicht so aus, als hätte ich bereits den Schlüssel zu allem. In meinem Innen strebe ich jedoch danach, meinen Körper so licht werden zu lassen, dass ich ihn in jede Dimension mitnehmen kann und dies ist noch ein gutes Stück Weg, das ich zu gehen habe, bis es soweit ist."

Mit diesen Worten drehte sie sich um und setzte sich in Bewegung. Kyra tat es ihr gleich. Sie sahen sich beide an und Sophia lächelte Kyra zu.

„Ich danke dir, dass du mich mitgenommen hast. Es war ein wundervoller Tag. Danke." Spontan umarmte Kyra liebevoll ihre Begleiterin.

Auch Sophia bedankte sich. Gerne hätte sie mehr gesagt, doch ihr Kopf war voll mit Gedanken und ihr Gefühl übersättigt mit den Eindrücken der beiden

Sonnenuntergänge. Sie brauchte jetzt erst mal Zeit, um das alles wirken zu lassen.

Die Strecke bis zu ihren Fahrzeugen war kurz und die Rucksäcke gleich verstaut. Sophia wollte schon Lebewohl sagen, als Kyra gedankenverloren sagte: „Dann hieße, meine persönliche Macht anzunehmen und alles, was damit verbunden ist zu akzeptieren, dass ich wirklich Gottes Kind bin und somit grenzenlos?"

Sophia nickte.

Hörbar atmete Kyra aus. „Selbst den menschlichen Teil?"

Wieder nickte Sophia. Gedankenverloren öffnete Kyra ihre Wagentür. „Gut", sagte sie dann und strahlte Sophia an, „arbeiten wir dran."

≈≈≈

Elftes Kapitel

Die Ruhe tat gut. So konnte Lorenz seinen Gedanken freien Lauf lassen. Das Lied der Vögel wurde stimmgewaltiger und er ließ sich davon einhüllen.

Tief bewegt von Namids Erzählung liefen die Bilder und Geschichten seiner eigenen Familie und Freunde vor seinem geistigen Auge ab. Dabei stellte er fest, dass sie vom Inhalt her denen Namids sehr ähnelten. Wenn er sich seinen Freund Namid und dessen Leben heute besah, so schien es sich für ihn gelohnt zu haben, diesen Weg zu gehen. Er würde auch gerne so leben.

Unterdessen kam Namid mit dampfend heißem Getreidekaffee und einigen frischen Obststücken zurück und auch er lauschte dem Gesang der gefiederten Gartenbewohner. Beide Männer saßen still beisammen und schlürften nach und nach an ihren heißen Getränk. Langsam begann Namid, von Neuem zu erzählen.

„Heute habe ich zu meinem Vater ein wirklich inniges Verhältnis. Nicht ganz so, wie ich es gerne hätte, aber dennoch so, dass es für uns beide gewinnbringend ist. Ich glaube, dass ich es dem Umstand zu verdanken habe, dass ich irgendwann begann, ihn und mich als Mann zu achten und zu lieben. Das lernte ich durch Sophia. Als Frau hätte ich mich wahrscheinlich eher lieben können, zumal ich mir als Teenager eine Krankheit zulegte, die meinen Hormonhaushalt ordentlich durcheinanderbrachte. Es ist durchaus nicht selbstverständlich, dass ein Mann liebenswert ist, weißt du das?"

Lorenz nickte nur. Er kannte das Thema zur Genüge und hatte oft genug das Gefühl, schlecht zu sein oder ein Arbeitssklave, nur weil er Mann ist.

„Nun ja", Namid setzte seine Tasse ab, „heute ist es anders und das ist gut so. Ich möchte dir aber noch gerne von Ricos letztem Besuch erzählen, bei dem er durch Sophia sprach. Ich hatte kein Anliegen. Das Treffen ergab sich vielmehr durch ihren Lesefimmel. Sie hatte ein 1100 Seiten starkes Buch in zwei, drei Tagen durchgelesen. Rico war etwas ungehalten, wie so oft, wenn Sophia nicht sofort bereit für eine Session war. Er beschwerte sich dann meist darüber, dass er zu lange warten musste. Hin und wieder stellte sie ihn auch auf die Probe, wie er sagte, wie, kann ich dir nicht sagen. Sie hatte da so ihre Methode, auch um nicht an den Falschen zu geraten, falls sich eine andere Energieform versucht einzuklinken. Sein Stil war und ist mitunter recht eigenwillig.

„Und ich kenne sogar noch das Thema das wir miteinander besprachen."

„Rico!" Mit einem Satz waren beide Männer aufgesprungen und begrüßten ihn aufs Herzlichste.

„Heute habe ich nur wunderbaren Überraschungs-besuch", stellte Namid lächelnd fest. „Erst Nath, dann Lorenz und nun du." Er sah Rico dabei liebevoll an.

„Diese Art des Reisens würde ich auch gerne beherrschen", warf Lorenz ein, „ihr Wesen aus der Anderswelt habt uns gegenüber einen großen Vorsprung."

„Dafür könnt ihr zum Ausgleich all die Köstlichkeiten der Erde genießen und wir nicht." Rico tat etwas beleidigt.

„Und um was ging es nun bei eurem letzten Gespräch?", fragte Lorenz keck.

„Um was wohl? Um die Liebe natürlich", scherzte Rico. „Sophia wollte einiges wissen, was mit ihrem Buch zu tun hatte, in dem das Böse gegen das Gute kämpft. Das Gute ist in ihrem Buch das vermeintlich Schwächere gewesen und hat dennoch gewonnen. Und weißt du auch warum?"

Lorenz verneinte.

„Das Gute in dem Buch von Sophia, ein Kind, hatte den besten Schutz der Welt, nämlich die Liebe. Sie ist, wenn du so willst, die einzige Waffe, die nicht tötet, verletzt oder schädigt, sondern heilt und somit auch mit sanften Mitteln Böses auflösen kann. Die Liebe ist der stärkste Schutz, den sich ein Mensch zulegen kann. Wenn ich mich recht erinnere ging es heute bei euch auch schon um dieses Thema: die Liebe", fuhr Rico fort.

„Ich spreche gerne von der bedingungslosen Liebe, die nicht unbedingt leicht umzusetzen ist. Diese Art der Liebe ist das Einzige, das einen anderen entwaffnen kann ohne ihm in irgendeiner Art zu schaden. Wenn sich der Mensch der Liebe hingibt, kann er Wunder wirken."

„Bei mir hat es eine ganze Weile gebraucht, bis ich verstand, was das hieß", resümierte Namid. „Sophia liebte mich bedingungslos und ich suchte den Haken bei der Sache, hatte sogar etwas Angst davor", lachte er. „Es ist wirklich nicht so einfach, sich selbst so anzunehmen, wie man ist", überlegte er laut weiter. „Die Suggestionen von außen, die schon dein Leben lang auf dich einwirken, sind sehr mächtig. Aber es ist zu schaffen."

„Ja ja, die Liebe, die macht einem mitunter schon zu schaffen", seufzte Lorenz laut. Die beiden anderen mussten herzlich lachen.

„Dabei könnte jeder, absolut jeder Mensch, von der Natur oder der Existenz alles erlernen, was dazu gebraucht wird", sagte Rico verschmitzt.

„Die Existenz um dich herum ist doch *die große Liebe*, die bedingungslose schlechthin. Die Existenz fragt keinen Baum, was er getan hat, ob er gut oder schlecht war, sie lässt ihn wieder und wieder blühen, sie lässt ihn wieder und wieder Früchte tragen. Sie gibt ihm Wasser, gibt ihm Nahrung, alles, was dieser Baum braucht. Die Existenz fragt nicht. Sie fragt auch nicht, ob *du* irgendetwas Gutes oder Schlechtes getan hast, sie lässt dich atmen, sie lässt dich leben. Sie gibt dir immer all das, was du brauchst.

Nur die Menschen haben angefangen, Bedingungen zu stellen. *Oh, ich liebe dich ein bisschen mehr, wenn du mir etwas schenkst.* Ihr feiert doch dieses Fest, wo man geliebt wird, wenn man etwas schenkt. So etwas nenne ich Blasphemie. Und wenn du nichts schenkst, ist es mit der Liebe so eine Sache, oder?"

„Das stimmt", warf Lorenz ein. „So habe ich es leider auch schon erfahren müssen."

„Wer fragt sich", fuhr Rico fort, „ob die Erde, die doch die Mutter aller ist, Bedingungen stellt? Sagt sie, *Du darfst auf mir leben, aber du musst mir dies geben, du musst mir jenes geben, ich brauche so viel Geld von dir.* Sagt sie das? Ich weiß, dass sie es nicht tut. Sie lässt dich leben, wo und wie du willst. Du bist aus ihr entstanden und sie sagt Ja zu dir. Dies ist eines der menschlichen Höllentore, die Angst bedingungslos geliebt zu werden.

Du könntest sagen, das ist doch Quatsch, Angst geliebt zu werden. Aber wenn es dann jemanden gibt, der dich so nimmt, wie du wirklich bist, der nicht sagt, *Mach mal so und mach mal so,* dann hast du Angst. Dann denkst du: *Na, da ist doch irgendwo ein Hintertürchen, das kann absolut nicht sein!* Du suchst und du gräbst und mancher zerstört damit sein Glück, weil er ständig nach diesem Türchen sucht. Ihr hattet vorhin bereits darüber gesprochen. Mitunter wird so lange gesucht, bis etwas gefunden wird – und wenn man sich eine solche Hintertür selbst zimmern muss. Mancher kann es nicht ertragen, einfach so wie er ist angenommen zu werden. Also wird irgendetwas inszeniert, etwas in die Wege geleitet, um es wieder abzubrechen, um nicht geliebt zu werden. Das Bedingungslose an der Liebe ist das Schöne. Und ich sage dir, es ist auch das Schwerste. Wenn du mit einer Frau zusammen bist, die dich mit ihrer Hand sanft berührt, dich streichelt und liebkost und du auf einer süßen Wolke schwebst, fragst du dich in diesem Moment nicht *Will sie etwas von mir?* Sicher, du weißt es und du lässt dich ent-führen – du lässt dich führen in das Reich der Liebe. Du gibst dich ihm ganz hin, diesem wunderbaren Gefühl, wie auf einer Wolke zu schweben – höchste Glückseligkeit zu empfinden, ja, du genießt es und du hast keine Gedanken daran, dass da etwas nicht stimmen könnte. Du willst ja auch und du genießt dieses Gefühl, dieses Glück. So könnte es in allen Bereichen des Lebens sein. Doch leider sieht es bei den meisten Menschen anders aus.

Bedingungslose Liebe ist ein Fremdwort.
Tun und lassen können was man will und trotzdem

geliebt werden? Da dürfte ich ja freche Wörter sagen, da dürfte ich schimpfen, da könnte ich meine Meinung äußern, dürfte leben wie ich will – man liebt mich dennoch? Das kann nicht sein, da stimmt was nicht. Man will mich vielleicht bestrafen, enterben ...? Das geht nicht, denn Strafe muss sein. Strafe, wenn man die erhält, dann wird man doch geliebt! Solche Dinge spuken in so vielen Köpfen herum. Strafe hat noch nie etwas mit Liebe zu tun gehabt, noch niemals. Jedoch", Rico lächelte spitzbübisch. „Jeden Tag zu üben ist lästig. Daran scheitern die meisten. Zu üben bedingungslos zu sein, wie das geht, willst du bestimmt noch wissen. Ganz einfach: Du hast eine Situation, die dir nicht gefällt, du schaffst eine Bedingung. Du sagst: *Ich will hier heraus!* Bedingungslos hieße, Ja zu sagen – du hast dir die Situation doch erschaffen, sonst wärest du nicht dort! Bedingungslos heißt: *Genau so ist es gut!* Dann kann sich die Situation wieder auflösen und entfleuchen und das Nächste kann kommen, das Nächste, das Schöne, das Leichte. Die Liebe ist doch nicht schwer. Oder hast du dabei schon gespürt, dass sie schwer ist wie ein Eisenstück?

Nein, sie ist zart und sanft wie Zuckerwatte, süß und aromatisch wie eine Kirsche. Wie ein ganz duftendes, luftiges Gebäck. Die Liebe ist nicht schwer. Werde bedingungslos, kann ich nur raten, und die Liebe, dein Leben, bringt alles, was zu dir gehört, alles, was zu dir passt, was du brauchst. Die Liebe gibt dir alles."

Namid und Lorenz hörten Rico aufmerksam zu. Er hatte die Gabe alles recht einfach und lebendig zu vermitteln, was beide schätzten.

„Ihr hattet vor einigen Tagen ein Bild im Fernsehen

gesehen, bei dem es um die Existenz ging. War die Existenz hart und schwer dargestellt? Nein. Sie war treffend gezeigt, wie ein Elixier, etwas Nebelhaftes. Ich könnte auch sagen, etwas Hochkonzentriertes, aber nicht hochkonzentriert in Materie und Schwere, sondern in Geist und Luft. Luft, die nicht Leere bedeutet, sondern eine eigenständige Materie – eine Geistmaterie darstellt. Etwas, in dem du dich jederzeit und immer bewegst. Selbst jetzt hier mit mir, in diesem Garten. Diese Existenz oder Geistmaterie ist immer und überall. Du stellst Bedingungen: *tu dies, tu jenes.* Du stellst sie auch an dich, *du musst dich heute rasieren, du musst dich heute waschen, du musst heute dies und jenes tun ...,*" erklärte er weiter. „Sicher, wenn du dich einige Tage nicht wäschst, dann wird der Geruchssinn doch etwas strapaziert. Also, das wäre nicht so angenehm, aber wo ist die Liebe bei alledem? Dieses Bedingungslose – *ich muss, du musst.* Nein!, die Liebe muss nicht, die Liebe kommt nicht zu dem, der muss. *Du musst mich lieben!* Könntest du dann jemanden lieben, wenn er sagt: *He du, du musst mich lieben?* Es geht nicht.“

Rico sah Namid geradewegs an. „In deiner Familie, genau wie in deiner Familie Lorenz“, auch ihn sah er fest an, „gibt es welche, die so ähnlich vorgegangen sind. *Du musst mich doch lieben, wenn mich kein anderer liebt, dann doch du!* Verzeih Namid, ich spüre deine Trauer, deine Betroffenheit – immer noch. Auch bei dir, lieber Lorenz, fühle ich die Trauer, die in dir steckt. Ich wollte euch weder kränken noch verletzen. Liebt diese Person, wie sie ist! Denn selbst wenn ihr der Person alle Liebe gebt, die ihr habt, sie würde nicht zufrieden sein. Selbst wenn ihr sie bedingungslos liebt, hat sie Angst vor euch und dem, was ihr gebt, der Liebe. Also liebt sie bedingungslos und zieht eures Weges. Lasst euch davon nicht aufhalten. Ich weiß, es gibt viele Tausende und Millionen, denen es genauso geht, die zu einem anderen sagen: *Liebe mich, du bist der Einzige, der das kann!* Sie verstehen nicht, dass sie sich zuerst selbst lieben müssen, bevor es ein anderer kann.

Die Liebe der Mutter zu ihrem Kind und von einem Kind zu seiner Mutter ist etwas Besonderes, aber sie ist nicht notgedrungen so. Sie kann auch zerbrechen, sie kann sich auf ein Minimum reduzieren. Das Band bleibt immer, ja, aber auch das ist eine Sache, die auf ein ganz dünnes Bändchen, einen Faden zurück-schrumpfen kann. Auf das Maß, das auch Mutter Natur gegeben hat.

Bedingungslos, du für dich", fuhr Rico einfühlsam fort und sah beide nacheinander an. „Ja, wenn ich dieses oder jenes gemacht habe, wenn ich jetzt erfolgreich bin, dann liebe ich mich. Quatsch, ihr kennt diesen Blödsinn und solltet wissen, dass es so nicht geht. Bedingungslos heißt nicht *wenn ... dann.* Bedingungslos heißt *genau deshalb, weil ich bin, wie ich bin, liebe ich mich. Es läuft nicht alles, wie ich es mir vorgestellt habe, ich liebe mich trotzdem – bedingungslos.* Lasst es euch durch den Kopf gehen und ich weiß, meine Freunde, es ist nicht leicht. Bevor ich mich wieder verabschiede", meinte Rico zum Abschluss, „möchte ich noch gerne eine Weile durch euren Garten flanieren."

Lorenz und Namid schlossen sich ihm gerne an.

An Lorenz gewandt, meinte Rico nach einer Weile: „Hier kannst du erkennen, wozu die Liebe, die angewandte Liebe, fähig ist. Du siehst wie prächtig alles gedeiht, wie harmonisch alles miteinander agiert – Mensch und Natur in Liebe vereint." Danach hörten Lorenz und Namid nur noch Ricos Schwärmereien.

Mit Freude und Hingabe ging er durch den Garten, roch an der einen oder anderen Blume, streifte mit der Hand an einem Baumstamm entlang, reckte sein Gesicht der Sonne entgegen, schnupperte an dem fast reifen Obst und genoss den Anblick der vielen Rosen und Lilien. Seine Art zu genießen wirkte erhebend auf die beiden anderen.

So spektakulär wie er erschien, verschwand Rico wieder. Er sog den Duft der Lilien tief ein, drehte sich genüsslich zu den Rosen, um auch diesen Duft tief einzuatmen, als Namid und Lorenz bemerkten, dass Rico sich immer mehr in sein eigentliches Element auflöste.

Fasziniert und überrascht zugleich sahen die Freunde einander an.

„Weg ist er", war die knappe Feststellung Namids.

Sie gingen zurück zu ihrem Sitzplatz, gossen sich Wasser nach und hingen eine Weile ihren Gedanken nach. Rico war jedes Mal eine Bereicherung und eine Herausforderung zugleich. Selbst für Namid, der ihn nun schon einige Jahre kannte.

„Wenn ich dir einen Rat geben darf, Lorenz", begann Namid unvermittelt und sah Lorenz dabei fragend an. Dieser nickte zustimmend.

„Lerne, deinen Gefühlen zu vertrauen", bat er. „Das war das, was mir auf meinem Weg am meisten half. Das Thema *meine Mutter* musste ich allein durchleben, danach kam atemberaubend schnell unser kleines Paradies hier. Vielleicht geht es dir mit Sarah genauso wie mir einst mit Sophia. Ich musste sie nicht nur als meine Frau betrachten, sondern als *meine Frau vor Gott und der Welt*. Mein Gefühl sagte es mir schon lange zuvor, dass es so ist, doch ich habe mir nicht vertraut. Erst als ich es tat, ging vieles von allein."

Es entstand eine lange Pause, in der zuerst Lorenz und dann Namid für kurze Zeit aufstanden und verschwanden.

„Ist das alles?", unterbrach Lorenz die Stille, als beide wieder zusammen saßen, „auf mein Gefühl zu hören und die Liebe, die in mir ist, zu leben?"

Namid lächelte.

„Ja", sagte er sanft, „das ist alles. Dem Gott in dir den Raum zu geben, der ihm zusteht und ihn endlich nach außen kommen zu lassen. Aber denk daran, jeder ist Gottmensch, nicht nur du."

Wieder entstand eine Pause.

„Verzeih mir, wenn ich dir zu nahetrete", begann Lorenz ein wenig unsicher, „du musst mir auch keine Antwort geben, wenn du nicht willst und wenn es zu intim ist. Aber schlaft ihr noch miteinander, du und Sophia? Habt ihr noch Sex oder hat sich das in eurem Stadium aufgelöst?"

Namid schmunzelte. „Wir haben noch Sex miteinander", antwortete er. „Es hat allerdings auch dabei eine Veränderung stattgefunden. Ich muss mich als Mann nicht mehr durch Potenz beweisen und meiner Frau zeigen, dass *ich* ihr Mann bin. Wenn wir zusammen sind, dann liegen wir oft nur beisammen, um uns zu fühlen. Es klingt vielleicht ein bisschen verrückt, aber meist ist es so, als hätten wir Sex mit und im halben Universum. Und angefangen hat es mit einer Bemerkung einer unserer geistigen Freunde. Es hieß: *Beim nächsten Mal springt nicht so schnell auseinander. Haltet noch eine Weile die Energie, die euch verbindet, und arbeitet damit. Der Mann holt Energie aus dem Kosmos und die Frau aus der Erde. Über euren Bauch, etwa um den Nabel, lässt der Mann die Energie in die Frau hineinfließen und die Frau in den Mann. Die Energie des Mannes geht oberhalb und die Energie der Frau unterhalb des Nabels in den Körper. Lasst euch aber Zeit dabei. Macht es bewusst und redet darüber, was ihr empfindet, was ihr fühlt. Wenn ihr das so tut, ist es eine besondere Form der Energiearbeit.*

Und das war es, das kann ich dir sagen. Mehr als einmal wurde mir schwindelig dabei.

Zudem brauche ich einen Höhepunkt nicht mehr so oft wie früher. Ich surfe viel lieber mit dem Gefühl, kurz davor zu sein und genieße es, solange wie möglich in diesem Zustand zu bleiben."

„Hat das etwas mit Tantra zu tun?", fragte Lorenz.

„Kann sein", antwortete Namid. „Ich habe mich nie groß damit beschäftigt. Die Erde und der Himmel lieben sich jeden Tag und ich bin seit geraumer Zeit sehr bewusst in dieser Energie, denn schließlich lebe ich ja hier. Probiere es selbst aus."

Namid sah Lorenz skeptisch fragendes Gesicht.

„Wie soll sonst die Existenz so wunderbare Dinge wie Früchte, Gemüse, Blumen, Bäume, Tiere, Menschen erschaffen können und ernähren, wenn sich

Himmel und Erde nicht lieben würden? Aber geh selbst mal bewusst durch die Natur und achte auf dein Gefühl, was bei dir ankommt. Es ist kein plumpes miteinander Sex haben müssen, um sich zu befriedigen, sondern ein sehr hohes, feines, Energiepotenzial, das dich auf eine höhere Ebene trägt, wenn du es geschehen lassen und annehmen kannst. Du kannst, wenn du deine Sexualität bewusst lebst, sehr viel mehr erleben. Man muss sich nur vor den Auswüchsen hüten, dem Bäumchen-wechsele-dich-Spiel und dem Habenmüssen. Das ist krankhaft und hat mit dem, von dem ich hier rede, nichts zu tun. Es ist, so denke ich, wichtig, einen Partner oder eine Partnerin zu haben, bei dem, der, man sich vollkommen öffnen kann und sich angenommen fühlt. Eine so erlebte Sexualität geht weit über das normale Maß der Intimität hinaus.“

Lorenz stand auf.

„Danke, dass du so offen zu mir warst. Ich denke es hat mir sehr viel gebracht, aber es wird Zeit für mich zu gehen. Es war mal wieder viel.“

„So geht es mir heute noch, wenn Jeshua und die anderen bei uns sind oder wir bei ihnen.“

Beide lachten verständnisvoll und verabschiedeten sich herzlich.

„Mir fällt gerade noch ein Spruch ein“, sagte Lorenz, „wer ihn sagte, weiß ich nicht mehr genau, aber er hat etwas Universelles an sich, etwas von ewiger Gültigkeit und lautet:

»Dein wahrer Reichtum und der Reichtum aller Menschen ist die Liebe. Sie verwandelt Blei in Gold«.

Dann ging er.

Namid ging Richtung Haus und seine Gedanken verbanden sich spontan und sehr intensiv mit Sophias

Geist.

„*Ich glaube an die Unfehlbarkeit der Liebe und an die Macht des Geistes und daran*", hörte er sie sagen, „*dass der Mensch mit der Macht der Liebe seinen Geist so konditionieren kann, dass die Erde und das gesamte Weltall zu einem Paradies werden.* – Ich liebe dich, Sternentänzer, bis gleich."

„Ich liebe dich mein Engel", flüsterte er.

≈≈≈

Tausend Träume

von Ursula W Ziegler (2003)

Tausend Träume erfüllen sich
Wenn ich glaube
Die Liebe ist der Weg
Tausend Gefühle lebe ich
Blumen blühen, schmücken mich
Die Liebe ist ein Weg
Tausend Regenbogen zeigen sich
Wenn ich lebe
Die Liebe ist der Weg
Tausend Träume leben sich
Von ganz allein mit dir
Liebe ist mein Weg
Tausendmal flüstert der Wind
Deinen Namen
Liebe ist mein Weg
Tausendmal das Leben beginnen
Jeden Tag aufs Neue
Mit der Liebe
Tausend Sterne säumen unseren Weg
Tausend Flügel tragen uns
Tausend Hände winken uns
Auf unserem Weg der Liebe

Ich glaube
Ich liebe
Ich bin

Tausend Träume Glück

BEDEUTUNG
DER VERWENDETEN NAMEN

Namen sind etwas sehr Persönliches und sagen über ihren Träger sehr viel aus. Hin und wieder geschieht es, dass der Name, den man bei seiner Geburt bekam, „ausgedient" hat und man einen neuen wählen soll. Es kann geschehen, dass er einem durch eine andere Person gegeben wird (Meister, Schamane, o.ä.), dass man von ihm träumt, ihn bei oder durch eine Rückführung erhält, oder dass man ihn sich selbst sehr bewusst aussucht, weil man fühlt und weiß, die alte Zeit ist vorbei. Doch zuvor sollte man die Botschaft seines Namens und sich erst einmal *leben*.

Die Figuren in meinen Geschichten haben Namen, die zu ihren Charaktereigenschaften passen. Vergleichen Sie selbst.

Hathyra		erfunden/ ohne Bedeutung
Jeshua	Aramäisch	Jesus
Kyra	Griechisch	Macht, Herrschaft, Souveränität
Lorenz	Althochdeutsch	Der mit Lorbeer Bekränzte
Myra	Griechisch Myrre	Die Wundervolle Die Bewunderte
Namid	Indianisch	Sternentänzer

Nath	Englisch/ Hebräisch	Nathanael Gott gibt/ gab
Oczanteh	Erfunden	hier als fiktiver indianischer Name genutzt.
Rico	Italienisch	Kurzform von Richard: stark, mächtig
Sophia	Griechisch	Die Weisheit
Tom	Hebräisch	Kurzform von Thomas, Der Zweifler
Tulipa	Latein	Wissenschaftlicher Name für Tulpen – hier als fiktiver indianischer Name genutzt.

ANFASSBARE
SPIRITUALITÄT

ZEIT NEUE WEGE ZU GEHEN

Ursula W Ziegler und Jan-Christoph Ziegler greifen für ihre Workshops, Seminare und Kurse die Themen auf, die ihnen am Herzen liegen, die ihnen Spaß machen und wichtig erscheinen.

Sie vermitteln keine „heilbringende Botschaften".
Sie bieten Klarheit und Orientierung und vermitteln ein holistisches, allumfassendes, Bild des Lebens. Sie arbeiten auf der Grundlage „Hilfe zur Selbsthilfe".

Zusammenfassend kann man ihre Arbeit als *Anfassbare Spiritualität* bezeichnen. Schwerpunkt hierbei ist die Eigen-Arbeit und Selbst-Erkenntnis.

„Das was den Menschen, die diesen Weg gehen, begegnet sind Veränderungen und sich öffnende Türen, die zu einem glücklichen, erfüllten Leben führen. – Wenn Sie wollen, wenn Du willst." – so Ursula W & Jan-Christoph Ziegler.

Weiterführende Informationen über Seminare und Workshops, Neuerscheinungen von Büchern sowie eine große Sammlung an bereitgestellten *Inspirationen* finden Sie im Internet unter

juZiegler.de
juZiegler.de/newsletter

Bücher leben auf beim Lesen ...
und ganz besonders durch das
Weiterempfehlen.

Herzlichen Dank!

BIBLIOGRAPHIE

Alle Bücher von Ursula W Ziegler und Jan-Christoph Ziegler erhalten Sie bei Ihrem Buchhändler, im Onlinehandel und *autorenfreundlich* über die Webseite juZiegler.de.

Sie sind als **gedrucktes Buch** in folgenden Ländern erhältlich: Deutschland, Österreich, Schweiz, sowie deutschsprachig aktuell ebenfalls in Großbritannien, Kanada, USA, Australien, Brasilien, Indien, China und Südkorea – sowie **weltweit** als **E-Book**.

Ausführliche Leseproben finden Sie auf der **Webseite juZiegler.de** in der Rubrik *Bücher*.

ROMANREIHE
SPRECHENDE STEINE

Inspiration für eine wedische Lebensweise

2004 begannen Steine, die Ursula W Ziegler aus verschiedenen Ländern und Kontinenten mitgebracht wurden, mit ihr zu sprechen. Es hat seine Zeit gedauert, bis sie sich ganz auf diese Erfahrung einlassen konnte. Hieraus entstand diese Romanreihe.

REISE DURCH VERGANGENE ZUKUNFT
Buch 1

DIE AUFERSTEHUNG DER DREIZEHN
Buch 2

MARSIMPAKT
Buch 3

KECHEM NA MA PARIMKÁ - Nichts ist für immer verloren
Buch 4

GESCHICHTEN, DIE DEIN HERZ BERÜHREN

Geschichten, die das Leben schreibt – tiefgründig, inspirierend.

MAYA – In Harmonie mit den Zwischenwelten

ZACHARIAS – Auf dem Rücken des Mannes

SURA – Bis an den Rand des Seins

AYASHA – Geschichten & Gedichte – Sammlung

LIEBE GELINGT!

So verschieden wie die Bücher sind die Gefühle, die angesprochen werden – ein Potpourri ganz unterschiedlicher Art: Gespräche mit Vertreten der geistigen Welt bringen vieles, was das Leben betrifft voller Liebe und Einfühlungsvermögen auf den Punkt. Die Auseinandersetzung mit dem eigenen Leben, den eigenen mentalen Fähigkeiten und den Töchtern ergänzen das Ganze. – Immer obsiegt die Liebe.

GOTTESBEWUSSTSEIN – DIE HOHE KUNST DER MAGIE
Gespräche mit Erique

KRIEGER DER LIEBE
Dein Leben, als Liebe gedacht

SOPHIA UND NAMID
Liebe gelingt!

MEDIAL BEGABT – VOLL NORMAL
Akzeptieren fällt nicht leicht

TREFFPUNKT ZWISCHEN DEN WELTEN
Weit weg, Warum, Wohin

STARKE WEICHE FRAU
Briefe an meine Töchter

P A R A B E L N

Witzige, tiefgründige Episoden zweier Rabenfreunde.

Ursula W und Jan-Christoph Ziegler lebten für einige Jahre im südhessischen Odenwald und in Schleswig-Holstein. Im sagenumwobenen „Odinswald", sowie im hohen Norden wurde Ursula regelmäßig von Raben begleitet. Während dieser Zeit entstanden die Abenteuer von Konrad und Albrecht.

KONRAD UND ALBRECHT
Tote Katze zum Mittag

KONRAD UND ALBRECHT
Fast frischer Fisch – Ab nach Hause!

7